COLLECTION PAGE BLANCHE

W0314223

Régine Detambel

Le valet de carreau

PAGE BLANCHE / GALLIMARD

© Éditions Gallimard Jeunesse, 1998

Photo de couverture : © Jacques Sassier

Chapitre premier

Au mariage, et à l'amour en général, je n'y croyais plus. Et j'étais même d'accord avec les vieux qui ricanaient quand ils voyaient passer des cortèges de voitures blanches et klaxonnantes, je les approuvais, ces petits vieux grincheux qui disaient, levant leur canne :

– Ce n'est pas la peine de faire tant de bruit, vous en ferez moins, l'année prochaine, quand vous irez voir l'avocat, pour divorcer.

Du reste, on pouvait dire que je pensais comme un vieil acariâtre, ça m'était absolument égal. J'avais quinze ans. J'étais lycéen de 8 heures à 17 heures et laveur de carreaux le reste du temps, pour me faire un peu d'argent. Lycéen, ça va, tout le monde sait ce que c'est, mais laveur de carreaux à la cité des Mimosas, ce n'était pas une sinécure.

Je rentrais dans tous les appartements, je marchais

sur tous les appuis de fenêtre, je voyais tous les gens, de dedans, de dehors, de dessus, de dessous, le soir, le matin, qu'il pleuve ou qu'il vente. D'ailleurs, il y a une drôle de légende qui veut qu'il pleuve le jour où on fait les vitres. C'est vrai qu'il pleuvait souvent mais je faisais les vitres encore plus souvent.

Des mariés heureux, je n'en avais pas vu beaucoup. Et c'est pourquoi j'avais décidé de faire les carreaux à la cité des Mimosas. Parce que je ne croyais pas à l'amour, et chaque jour je pouvais m'en convaincre plus avant car je les voyais, les heureux mariés, les futurs fiancés, les vieux concubins, je les voyais vivre, je les entendais se disputer, ils ne se gênaient pas pour hurler et se jeter des torchons à la tête, tous ces gens qui avaient rêvé de riches et beaux mariages.

Personne ne se gêne devant un laveur de carreaux.

Je circulais derrière les vitres des appartements aussi silencieusement qu'un poisson derrière le globe d'un aquarium, aussi discrètement qu'un chat, avec mon seau, ma grosse éponge, ma peau de chamois. Je n'avais l'air de rien, discret, bien coiffé, vêtu d'une blouse blanche prêtée par mon grand frère Alain, qui travaillait alors dans une usine de produits chimiques.

Il y avait quelques trous dans la blouse, Alain avait réalisé plusieurs expériences malheureuses avec de l'acide chlorhydrique. Moi, ce n'était pas avec de l'acide que j'avais fait des expériences tristes, mais avec une fille qui s'appelait Olga. Je suppose qu'elle s'appelle toujours Olga, et qu'elle vit peut-être toujours ici, dans la ville de mon adolescence. Bref, elle m'avait plaqué. Histoire classique.

Je pensais souvent à elle, pendant tout le temps que dura mon chagrin d'amour, en frottant mélancoliquement les vitres. Parfois, mes pensées douloureuses s'interrompaient. Je voyais un jeune couple dans l'appartement 324. Je leur faisais coucou en frappant résolument au carreau. En fait, je n'aimais pas faire peur aux gens qui se croyaient tranquilles dans leur salon et qui auraient pu tressaillir en voyant tout à coup passer un type en blouse blanche, dehors, en équilibre sur le rebord de leur fenêtre, au cinquième étage, avec son seau orange et une grosse éponge qui ressemblait à une perruque de clown. Et puis, je préférais prévenir que j'étais là, j'aurais modérément apprécié qu'un distrait me ferme les volets roulants sur les doigts et me fasse faire le grand plongeon depuis le cinquième ou le neuvième étage.

Le jeune couple de l'appartement 324 n'avait pas l'air étonné de me voir. Il faut dire qu'ils avaient l'habitude de moi, les habitants de la cité des Mimosas.

J'assistai, un jeudi, à une jolie scène dans le living-room de l'appartement 350. Je frappai au carreau avec ma bouteille d'Ajax. Je souris. Ils ne levèrent même pas la tête. Salon coquet mais papier peint un peu vieillot, lis et œillets d'un blanc passé.

Lui était appuyé contre la commode en pin massif. Elle le regardait avec un air très tendre. Pour un peu, j'allais me remettre à croire à l'amour. Il lui tendit un cadeau. Anniversaire tout court ou bien anniversaire de mariage ? Je me faisais tout petit derrière mon éponge. Assise en tailleur sur la moquette, elle ouvrit le paquet. Il était long, étroit, je me demandais ce que c'était.

En tout cas, elle craignait de briser l'objet et demandait sans cesse si c'était fragile. Elle avait des dents superbes. Il ne répondait pas. Il souriait seulement. A cette époque, j'aurais fait n'importe quoi pour être comme cet inconnu, un type galant, aimable. C'est ce qui avait dû manquer à Olga, je n'avais pas été assez galant, et puis, c'est vrai que, à part quelques disques, je ne lui avais pas offert grand-chose.

La fille finit tout de même par ouvrir le paquet. C'était un vase en cristal, tout enrobé de paille pour ne pas se casser. Je collai plus fort mon oreille à la vitre. La fille, d'un air excédé, râlait :

– Tu sais bien qu'ici il n'y a pas assez de place pour les bibelots.

L'amour n'existait plus. Elle ne faisait même pas semblant d'être ravie. Et en plus, elle l'engueulait, lui, le garçon galant, parce qu'il n'avait pas acheté de fleurs pour mettre dans le vase. Je riais intérieurement. S'ils m'avaient entendu, ils auraient pu se fâcher et mon métier serait alors devenu vraiment dangereux – perché au sixième étage, à deux doigts du vide. Je me tus prudemment.

Je changeai de vitre. Je fis de nouveau un petit coucou en passant. Le généreux donateur de vase massait sa fesse gauche meurtrie par le coin de la commode contre laquelle il s'était assis pendant la séance de déballage. Un gars qui se masse la fesse, ce n'est pas très séduisant.

L'amour n'existait pas, j'en étais sûr. Et je savais que pendant que je rangerais mon seau et mon éponge dans le petit local que le concierge m'avait prêté sous l'escalier, la jolie fille du 350 poserait son beau vase dans l'entrée, sur le meuble du téléphone, parce qu'elle ne saurait pas où le mettre. Ensuite, elle se dirigerait vers le vide-ordures pour jeter le papier cadeau, la paille, la faveur rouge et l'étiquette du *Lilas Blanc*. Pendant ce temps, le beau garçon continuerait de se masser la fesse et remonterait sa chaussette droite.

Je me demandais si Olga m'avait plaqué parce que je remontais mes chaussettes. Normalement non, mes chaussettes de tennis ne descendaient pas. Mais on ne sait jamais, il y a parfois des gestes inconscients. Je m'étais promis de me surveiller.

Quand donc ai-je entendu parler pour la première fois de ceux que tout le monde ici, à la cité des Mimosas, appelait les habitants de la terrasse ?

Juste après que je fus tombé du premier étage, avec mon éponge et mon seau. J'avais glissé à cause d'un éternuement bête : les bulles de savon qui s'échappaient de mon seau et me faisaient ressembler à un vendeur de minuscules ballons m'étaient entrées dans les narines. J'avais éternué.

Je me souviens du visage stupéfait de la vieille dame qui me faisait de gentils signes quelques minutes auparavant et s'était levée, avec ses béquilles, pour aller chercher, sur sa table de chevet, la bonbonnière. Je n'ai jamais goûté le bonbon orange que je lui vis entre les doigts, dans son papier collé. Je gisais, un étage plus bas, la tête confortablement posée dans l'herbe pelée, l'avant-bras gauche bizarrement tordu.

Clou, broche, vis et plaque, le chirurgien me priva du plâtre tant désiré mais il me fit une belle cicatrice que je porterai toute ma vie, comme une balafre de costaud.

Après ma convalescence, quand je pus manier de nouveau mon éponge orange et porter mon seau, je fus heureux de reprendre le chemin de la cité des Mimosas. Je ne tardai pas à atteindre les immeubles tout éblouissants de soleil. Je retrouvai mes appuis de fenêtre où je me glissais comme un chat, je frappai au carreau de la petite vieille du premier étage mais sa bonbonnière était vide et elle se contenta de me faire un petit bonjour poli avant de se signer. Je crois que je lui avais fait la peur de sa vie, au printemps dernier, quand elle m'avait vu faire le saut de l'ange et répandre dans l'air, comme un gosse qui joue sur la plage, le contenu irisé de mon seau.

Ils s'étaient donné le mot, évidemment, et tous les locataires m'attendaient à la fenêtre. Les couples et les célibataires, les jeunes et les vieux, les revêches et les gentils, ils avaient tous fait coulisser leur baie pour me serrer la main et je crois me souvenir que mon frère avait dû me donner de l'aspirine parce que ma douleur au bras s'était réveillée à cause des mille poignées de mains que je reçus ce jour-là.

Quand je suis allé ranger mon seau, mon éponge et mon pistolet d'Ajax-vitres dans la loge du concierge, une bonne vingtaine de locataires m'attendaient dans le hall et je reçus, sous les boîtes aux lettres, des mains des enfants de l'immeuble, une coupe dorée comme si j'avais été footballeur et sur le pied de laquelle on avait gravé *A notre laveur de carreau, plongeur à ses heures.*

J'étais vraiment très touché et je contemplais, à travers la vaste porte de verre les graminées qui ondulaient sur le terrain vague et changeaient de couleur à chaque sursaut de lumière. Le vent y soufflait comme dans un drap de soie et tirait des feuilles sèches une musique qui ressemblait à un souffle de rire.

Je secouai la tête, mon rêve de soie disparut, les graminées volaient dans le vent et je serrais contre moi la coupe dorée que m'avait value ma chute. Une petite fille haute comme trois pommes à genoux m'apporta un morceau de mie de pain déjà dure, sculptée en forme de seau, avec son anse, et me dit que c'était de la part des habitants de la terrasse. Je remerciai, embrassai la fillette. Mais je n'eus pas la présence d'esprit de demander qui étaient les habitants de la terrasse.

La terrasse, était-ce le nom d'un nouvel immeuble, d'une nouvelle aile ? Je n'en savais rien. Je pris le morceau de mie. Il était doux comme une gomme.

Le concierge qui me vit glisser la mie dans ma chemisette s'approcha :

– Ils voient tout, ceux de la terrasse. Tu peux être sûr qu'ils t'ont vu tomber. Ce sont peut-être même eux qui ont jeté les cailloux sur lesquels tu as glissé. Tu as eu chaud, ils auraient pu être plus méchants.

Je protestai. Je n'avais absolument pas dérapé sur des cailloux, l'appui de la fenêtre de la vieille dame était parfaitement lisse et net. Non, j'avais éternué à cause des bulles, et le poids de mon seau m'avait entraîné dans le vide. C'était une question de gravité terrestre, ce qui est très différent d'un homicide volontaire.

J'essayai d'en convaincre le concierge mais il ne s'en laissa pas imposer :

– Quand tu seras mort, me dit-il, tu me croiras peut-être.

Je fulminai :

– Mais qui sont donc ces gens, qu'est-ce que c'est que cette terrasse ?

Un quinquagénaire au gros ventre s'approcha de moi et soupesa la coupe. Il ne me regarda même pas droit dans les yeux, se contentant de dire, comme s'il parlait aux boîtes aux lettres :

– Les habitants de la terrasse savent tout sur nous. Ils connaissent l'histoire de tous les habitants de l'immeuble et quand nous serons morts, ils raconteront la nôtre également.

Le gros homme me salua d'un signe de tête et remonta l'escalier en se hissant à la rampe.

Deux sœurs de seize ou dix-sept ans me souriaient et je leur demandai :

– Vous avez déjà entendu parler des habitants de la terrasse ?

Elles me répondirent que leur mère leur avait interdit d'adresser la parole à un garçon qu'elles ne connaissaient pas et s'en allèrent en courant et en riant parce que je devais avoir l'air idiot.

La mercière rentrait du magasin, il était 19 heures, je lui demandai qui étaient les habitants de la terrasse. Elle me bâilla au visage et secoua son trousseau de clés :

– Laisse-moi, j'ai sommeil, j'ai les jambes qui me font un mal de chien. Ils ont le mauvais œil, crois-moi. Quand je me promène dans la cour, je les sens qui me regardent et ça me vrille toute la nuque et le dessus du crâne.

Chapitre quatre

Au fil des jours, j'interrogeai ainsi les autres locataires mais ils n'avaient pas le caractère facile et les langues, décidément, ne se déliaient pas. En tout cas, on pensait des choses effroyables des habitants de la terrasse. Des histoires atroces circulaient sur leur compte. Qu'ils étaient drogués, cocaïnomanes ou morphinomanes, qu'ils portaient sur les oreilles un Walkman dont le volume était poussé à fond pour ne plus entendre les bruits du monde.

D'autres disaient au contraire qu'ils étaient doux et inoffensifs comme des sauvages d'une île des mers du Sud.

Un étudiant me jura qu'ils vivaient nus.

Une ménagère m'assura qu'ils suçaient des cailloux en guise de repas et n'avaient même pas de réfrigérateur.

Le batteur d'un groupe de rock qui venait là pour répéter dans une cave me dit :

– La fille, je l'entends pleurer. Elle pleure tous les jours depuis que son père est mort.

Le bassiste du groupe de rock posa sa guitare le long de sa cuisse et elle vint s'appuyer contre son bassin comme un grand lévrier qui réclame des caresses :

– Ils vivent sur la terrasse depuis la mort du père de la fille. Ils se sont installés là-haut après les obsèques. La fille ne mange pour ainsi dire rien. Elle a quatorze ans. La mère est une belle femme, mince, avec des cheveux déjà blancs, poivre et sel. Elle a des grains de beauté et elle est folle. Avant d'aller habiter sur la terrasse, elle a détruit tout ce qu'il y avait dans l'appartement, elle a tout jeté contre les murs. Depuis la cave, nous l'avons entendue.

Le guitariste du groupe portait sa Stratocaster comme les Chinois leur palanche.

– Je l'ai vue, la mère, jeter les assiettes et les lampes contre les murs. Son mari était mort, alors ça lui faisait mal comme si un chien-loup l'avait mordue et la tenait encore dans ses mâchoires. Le plancher était jonché d'éclats de verre et de porcelaine. Il y en avait jusque sur le palier. C'est depuis ce jour que la fille n'a plus mangé et qu'ils sont allés habiter sur la terrasse avec le grand-père de la fille qui ne disait rien mais qui pleurait son fils en dedans. La voiture du fils a dérapé, là-bas, derrière le terrain vague, sur une route parfaitement sèche, un jour parfaitement beau, sans verglas ni flaque d'eau, tu comprends ce que je veux dire ?

Je comprenais, oui, je comprenais maintenant que sur la terrasse de l'immeuble, surplombant les quinze étages du bâtiment, vivait (si l'on peut appeler cela vivre) une famille éplorée, composée d'une gosse de quatorze ans que la mort de son père avait rendue anorexique, d'une femme que la mort de son mari avait rendue comme folle et d'un vieux monsieur que la mort de son fils avait rendu muet.

En reprenant mon vélomoteur, je pensais aux habitants de la terrasse, je pensais à ce qu'un seul homme qui meurt peut déclencher de douleurs. Je m'efforçai de lever la tête le plus possible, au-delà des quinze étages, en espérant les voir, mais je ne vis personne et pourtant, ce jour-là, je roulais, la tête tournée, sans même regarder la route et je cherchais désespérément du regard les trois habitants de la terrasse.

A la fille, j'avais envie d'offrir des pop-corns, je suis sûr que, venant de moi, elle aurait accepté de les manger. Et au vieillard, j'aurais offert du vin dans ma belle coupe dorée comme cela devait se faire dans l'Antiquité.

Je me sentais un dieu pour la première fois de ma vie. J'étais un messager, j'avais des ailes à mes souliers. Mon métier me faisait toucher le ciel si je voulais. Et je donnais à la mère une robe de chambre pour couvrir la chemise de nuit déchirée qui lui tenait lieu, paraît-il, de tout vêtement.

J'étais amoureux des habitants de la terrasse.

Deux ou trois baies à peine lavées, je n'y tenais déjà plus, je feignais d'avoir à changer l'eau, je descendais de mon échelle en éclaboussant les haies de troènes. J'avais de la mousse sur mon pantalon et les mains qui tremblaient.

Le robinet se trouvait juste à l'entrée de la cave. Et les musiciens m'avaient indiqué où se trouvait l'appartement abandonné. Rez-de-chaussée, première porte à gauche de la cave.

Dire que j'étais si souvent passé devant, sans savoir que vivait là une petite fille repliée sur elle-même, immobile dans sa chambre comme une ombre dans un coin. Le père était de cinq ans plus âgé que la mère. Il avait tourné, il avait cherché du travail partout, jusqu'à ce que le manque d'argent l'oblige à frapper à toutes les portes de l'immeuble pour demander un petit prêt.

L'appartement n'était pas fermé à clé. J'entrai. Il était poussiéreux et poudreux, simplement hanté de rideaux. Le sol n'était pas couvert de morceaux de plâtre et de verre, comme l'avait dit le musicien. Il n'y avait pas la moindre trace de lutte et de colère.

Je parcourus, sur la pointe des pieds, les deux chambres, la salle de bains qui sentait un peu les égouts. Je voulus boire au robinet. On avait coupé l'eau. Je voulus allumer la lumière du salon pour mieux savoir où avaient vécu les habitants de la terrasse, du temps où ils étaient heureux, mais l'EDF avait coupé le courant. Le joli téléphone bleu, sur la chaise, dans l'entrée, était muet.

On leur avait décidément tout pris.

En sortant de l'appartement, j'entendis boitiller quelqu'un dans l'escalier. C'était le vieux soldat du quatrième étage, un ancien d'Indochine qui marchait avec une béquille sous l'aisselle. Son pied cherchait chaque marche. Ses cheveux étaient jaunes et blancs. Il m'invita. Je portai son gros sac kaki. Il me dit :

– Tu vas t'amuser, comme ça, chez les absents ? Tu ne te sens pas seul quand tu rentres là-dedans ? On dirait un musée, hein ?

Je bégayai. Je le suivis chez lui sans savoir pourquoi.

Nous entrâmes tous les deux dans sa salle à manger. Le tapis râpé était plein de miettes de pain et de gâteaux. Le vieux donnait des coups de pied dans les barreaux de ma chaise en me parlant. Il était un peu buveur, un peu joueur de cartes. Les jeunes du sixième faisaient ses courses le samedi matin. Il me raconta qu'il leur donnait un franc cinquante pour chaque sac rapporté. Je souris. Le vieux soldat me regarda d'un air mauvais :

– Tu trouves que ça ne suffit pas, un franc cinquante par sac, pour cette valetaille ? En Indochine, moi, j'avais des boys, tu sais. Si j'avais soif, si j'avais faim, je sifflais. D'un coup de pied au cul, je remerciais. Et pour les femmes, petit gars, avec un franc cinquante et une demi-douzaine de clous, j'en aurais acheté un village entier.

Le vieux se resservit un Picon bière. Il ne me proposa rien.

– Le père est venu frapper à ma porte. Il m'a demandé de l'argent, juste pour un mois. C'était un jour de pluie. J'avais ma jambe qui me faisait mal. J'étais de mauvaise humeur, alors je lui ai dit de foutre le camp.

Je suis retourné presque chaque jour dans l'appartement fantôme. J'avais peur que le concierge ne me prenne pour un voleur. Mais personne jamais n'entra. En tout cas, personne n'entra en ma présence. En effet, je m'étais vite rendu compte que je n'étais pas le seul à pénétrer ici. Un jour, je remarquai que les rideaux avaient été tirés. Un autre jour, je vis un crayon par terre, juste devant la table du salon. Il n'y était pas la veille, je l'aurais juré. Je n'osai pas y toucher.

Ce n'était pas des cambrioleurs qui venaient ici, dans cet appartement que la tristesse et la pauvreté avaient rendu tabou. J'avais ma petite idée. Je commençais à imaginer quelle sorte de pèlerinage certaines personnes venaient accomplir ici, entre ces meubles rébarbatifs et sombres, dans ces pièces lugubres et solitaires où vivaient, il n'y a pas si longtemps, une petite fille de quatorze ans, toute maigre, qui en paraissait douze, ses parents et son grand-père.

Je trouvai, dans le bahut, des pipes et deux paquets de tabac encore cachetés. Je pris une pipe et un paquet et je les enfouis dans mon sac à dos. Ce même soir, je pris également un pull-over jaune et bleu dans l'armoire de la chambre de la fillette, et un gilet dans un placard.

Il y avait un paquet plein de boules de naphtaline. Je l'ouvris et je me mis, comme un semeur, à jeter des boules un peu partout dans les placards et dans l'armoire.

Je voulais qu'ils reviennent, je voulais qu'en revenant ils trouvent leurs habits intacts et qu'ils puissent revivre comme si rien ne s'était passé, comme si tout ce temps passé là-haut, sur la terrasse, n'avait rien abîmé ni usé.

Sur le bureau de la chambre d'enfant, un bloc de papier à lettres était ouvert. Le papier était vierge. Je ne pus m'empêcher de laisser un seul mot : « Courage ».

Mon seul ami, à la cité des Mimosas, était un petit gamin de sept ans, dégourdi comme un chaton. Je me ruinais en oursons, en malabars, en gomme et autres sucreries pour le faire parler. Il ne parlait que la bouche pleine, engloutissant des quantités de sucre qui auraient écœuré même un chien gourmand. Il s'appelait Fédor, sa famille était russe.

C'est lui qui m'amena chez ses parents, un soir, en leur disant, en russe, que je voulais en savoir plus sur les habitants de la terrasse. La mère tournait les pages de grands livres de comptes. Le père parlait à Fédor qui traduisait. En fait, je n'appris pas grand-chose, Igor craignait les difficultés diplomatiques et politiques pour sa famille. Il préférait se taire.

En ce qui concernait les habitants de la terrasse, il avoua que le père était venu lui demander de l'argent, juste le temps de le dépanner, avant la fin du mois, avant qu'on ne leur coupe l'eau, l'électricité, le téléphone, le chauffage, tout. Mais il n'avait pas d'argent, lui, Igor, et sa femme lui reprochait assez de ne jamais lui avoir offert de voyage de noces.

– Maintenant que le gosse a sept ans, nous aurions l'air idiot, n'est-ce pas, de partir en voyage de noces ?

Je souris. Igor avait un accent terrible mais l'air très sympathique. Il espérait ouvrir une station d'essence, à cinquante kilomètres de là. Il attendait une réponse de la société.

Le petit Fédor haussa les sourcils, me redemanda un malabar et se mit à faire des roulades avant dans le salon, à toute vitesse. Il se cogna la tête à la table et cela nous fit rire. L'atmosphère se détendit. Sa mère ôta le front de ses mains, lâcha ses livres de comptes, s'approcha de moi et me dit qu'elle s'appelait Véra. Nous étions bien, tous les quatre. Et puis, ce soir-là, nous avons entendu un cri long et douloureux, poussé comme par une voix rouillée.

Véra pointa l'index vers le plafond. Sur ses doigts, elle compta trois. Je dis :

– Voilà trois nuits que vous entendez ce cri ?

Elle répondit oui de la tête. Le petit Fédor émergea de sous la table :

– Moi, je l'entends tous les soirs, le cri. C'est sûrement un loup solitaire.

– Oui, tu as raison, quelqu'un de solitaire.

Je quittai l'appartement des Russes avec la rage au cœur. La terrasse était protégée contre mon indiscrétion par vingt-cinq ou trente mètres de hauteur. A moins de louer un hélicoptère ou de faire pousser un haricot magique qui grimperait jusqu'au ciel, je voyais mal comment accéder à la terrasse.

J'étais idiot. Et eux, les habitants de la terrasse, comment étaient-ils montés là-haut ? Il y avait forcément un passage, un escalier de fer, mais je connaissais tout l'immeuble par cœur et jamais je n'avais vu une seule issue par les toits. Le concierge, quand je lui posai la question, refusa de répondre et serra les mâchoires si fort qu'il ressembla à un hamster aux bajoues gonflées.

Chapitre huit

J'abattais ma tâche de plus en plus vite et l'on commença à me faire quelques remarques sur la qualité de mon travail. Il arrivait que, perdu dans la lune, tout entier préoccupé des habitants de la terrasse et du chemin secret qu'il me faudrait emprunter pour les rejoindre, j'oublie une baie de temps en temps.

J'avais beaucoup moins de goût pour décoller la poussière de la pollution et les moucherons écrasés sur les vitres. Et puis tous ces gens insolents, pas prêteurs, qui vivaient au chaud derrière leurs carreaux me faisaient trépigner de rage.

Je pensais souvent au père qui prit sa voiture pour ne plus jamais revenir. Je repensais aux habitants de l'immeuble qui ne lui avaient pas fait l'aumône d'un prêt. Pendant ces semaines-là, mon chagrin d'amour guérit définitivement et Olga sortit de ma mémoire sans que j'aie eu à faire le moindre effort pour cela. Peut-être que le souvenir de la cuisine où régnait sa mère, une cuisine chaude et douce qui sentait extraordinairement le café et où l'on poussait devant moi des tranches fraîches de marbré, de quatre-quarts, ou des tablettes de chocolat, m'avait un peu écœuré.

J'avais aimé l'hiver qui mettait du givre sur les vitres de la cuisine d'Olga. Maintenant, je le craignais, l'hiver, pour les habitants de la terrasse, et chaque fois qu'il pleuvait, je revoyais d'abord Olga avec son parapluie multicolore et ses bonnes grosses chaussures chaudes puis je me disais que la petite fille devait grelotter là-haut, et qu'elle n'avait pas les pieds protégés par des Caterpillar douillets.

Je fus charmant avec toutes les vieilles dames de l'immeuble et j'essayai de les faire parler. Je leur faisais des compliments sur leur couleur, quand elles sortaient de chez le coiffeur, j'appris à faire des tapis au point noué pour aider Mme Corbin qui avait une crise de polyarthrite et ne pouvait pas continuer à fabriquer, brin après brin, une épaisse descente de lit pour sa petite-fille. Je nourrissais les poissons rouges, on me confiait les clés des appartements pour que j'arrose les fleurs, les soirs de vacances. Bref, les choses auraient pu continuer ainsi. Moi, le valet de l'immeuble, leur homme à tout faire, et les habitants de la terrasse pleurant et souffrant, là-haut, sans que personne ne lève le petit doigt pour les soulager.

Un soir, je rencontrai la mercière. Elle était beaucoup plus petite que moi. Cela me donna du courage. Je pris ma respiration. J'aurais voulu lui dire tout ce que j'avais sur le cœur, tout ce que je reprochais aux habitants de l'immeuble et elle dut le deviner car elle me mit dans les mains deux gros paniers et m'ordonna :

– Suis-moi, c'est mon tour aujourd'hui, et, comme d'habitude, j'ai mal aux jambes.

– Votre tour de quoi ?

– Tu verras bien. Suis-moi mais surtout ne leur dis pas, aux autres, que je t'ai laissé monter.

Je répondis de mon mieux que je serais muet comme une tombe et une carpe réunies, et je portai docilement les paniers. Ils étaient très lourds. La mercière vérifiait sans cesse l'heure à sa montre comme si elle avait un rendez-vous important et cela me rendait nerveux. Au fond de mon cœur, j'avais envie de pleurer et le bruit des petits pas pointus de la mercière accélérait mon pouls.

– Où est-ce qu'on va ?

La mercière ne me répondit pas et consulta de nouveau sa montre.

– Quand ça a été le tour de monsieur Rivière, tu sais, le comptable en retraite, au neuvième, il a laissé passer l'heure et les pauvres n'ont rien mangé de la semaine. Ils ouvrent une fois mais pas deux. Ils sont méfiants comme des tigres, et méchants. Si tu savais comme le vieux est méchant.

Il me vint à l'esprit des images que j'avais vues à la télévision, surtout des images d'éléphants blessés qui se mettaient à charger et à courir sur les chasseurs pour les embrocher sur leurs défenses et les piétiner. Mais tous les fauves blessés agissent ainsi. Au bout du compte, je me demandais s'ils étaient encore humains, les habitants de la terrasse, blessés comme ils l'étaient, malheureux comme des pierres. Ils devaient désormais ressembler à des fauves ou à des pierres.

Je fouillai des yeux le contenu des paniers. Il me sembla qu'il y avait un poulet rôti, une douzaine d'œufs, des boîtes de conserve, et j'entendais bruire le plastique coloré d'un paquet de bonbons. C'était pour la petite, bien sûr.

– Attention où tu marches, fit la mercière.

J'avais trébuché, je m'étais rattrapé de l'épaule à une aspérité du mur. Je m'étais fait très mal mais je n'avais pas laissé tomber les paniers. Je levai la tête. Nous étions au pied d'une dizaine d'escaliers de fer qui avaient l'air très vieux et raides comme des échelles de meunier. Ils allaient vers les plafonds, ils se perdaient parmi des poutrelles et des trappes, parmi des tuyaux et de longues gaines grises. Il n'y avait pas de rampe, rien où s'accrocher. Chaque marche était de ferraille. La mercière me montra l'un des escaliers. Il était un peu plus brillant que les autres, signe que des semelles le foulaient et en détachaient régulièrement les copeaux de rouille.

– Grimpe, pose les deux paniers sur la toute dernière marche et allons-nous-en. Cet escalier est glissant comme une patinoire. Méfie-toi. Moi, c'est depuis que je suis tombée là que j'ai mal aux jambes.

Elle me montra ses mollets encore bleus et reprit :

– Ont-ils besoin de faire autant de simagrées ? S'ils n'avaient plus rien à manger, il fallait aller à la Croix-Rouge ou aux Restaurants du Cœur. Au lieu de cela, ils ont préféré ne pas faire comme tout le monde.

J'écoutais à peine la voix acariâtre de la mercière.

J'attendais que la trappe, au-dessus de l'escalier, s'ouvre et que quelqu'un se profile dans l'ouverture et alors je m'écrierais :

« Laissez-moi vous aider, je suis capable de beaucoup de choses, je connais même quelqu'un qui travaille à l'ANPE et puis mon frère sait faire la cuisine. Nous nous débrouillons très bien, mieux que vous en tout cas. »

Je répétais mon texte, je butais toujours sur le mot « débrouillons ». La mercière me cria :

– Dépêche-toi de descendre, il ne faut pas qu'ils te voient là. Ils ne viendraient même plus chercher les paniers et alors j'aurais leur mort sur la conscience parce qu'ils seraient morts de faim à cause de toi mais c'est moi qu'on accuserait de t'avoir montré le chemin.

– Vous avez raison, je ne veux pas tout gâcher, mais, demandai-je, vous les avez déjà vus ? Je veux dire, ici, là-haut, vous savez comment ils vivent ?

Et la mercière haussa les épaules d'un air de dire qu'elle n'en savait rien et qu'elle préférait n'en rien savoir.

Je réfléchis à sa mise en garde et concluai qu'en effet il valait mieux que je laisse de côté pour l'instant ma tirade romanesque et que je me cache dans le lacis de ces escaliers sombres si je voulais en voir plus.

– J'arrive, dis-je à la mercière, tenez, je vous redescendrai vos paniers, je voudrais me masser un peu l'épaule, je me suis fait mal tout à l'heure en montant et comme c'est du côté où je me suis cassé le bras il y a quelques mois…

Je grimaçai et la mercière me dit :

– Je t'avais prévenu, ils ont le mauvais œil.

Elle s'en alla, soulagée. Sa corvée était finie.

Je consultai ma montre, il était sept heures moins deux. Et soudain, j'entendis des bruits de ferraille et de chaînes. De là-haut il me vint un peu de lumière. La trappe s'était entrebâillée. Une main poilue, aux doigts gonflés, la maintenait ouverte. Et j'entendis une voix, une voix frêle qui disait :

– Maman, j'aimerais manger des noix. S'il y avait des noix, je suis sûre que j'en mangerais.

Je n'entendis pas la voix de la mère, seulement une espèce de sanglot. Mais la grosse main se tendit vers les paniers et d'un seul geste tira les quatre anses. Je vis monter les paniers, je les entendis se vider sur le gravier de la terrasse et puis ils furent jetés par-dessus bord et vinrent retomber à mes pieds, vides. La trappe se rabattit. Il faisait de nouveau noir.

Je restai une heure au moins à rêver, à dormir

comme un fiévreux. Tout en cherchant mon chemin pour redescendre, je pensais qu'ils avaient dû ouvrir la bouteille Thermos et qu'ils étaient en train de boire du café chaud, comme moi, quand j'étais invité chez Olga. Et quand j'eus trouvé la sortie, je les imaginai, dévorant à belles dents le poulet, et j'espérais qu'on l'avait saupoudré d'herbes de Provence.

Chapitre neuf

Le dimanche, ni lycée, ni cité des Mimosas, nous avions l'habitude, mon frère et moi, d'aller nous promener en forêt. Il venait d'acheter une petite voiture d'occasion. Il en était si fier qu'il m'aurait baladé partout. Mon vélomoteur était fatigué par tous les trajets de notre HLM au lycée, du lycée à la cité des Mimosas. Je voulais l'économiser, le laisser se reposer. J'avais besoin de lui pour travailler et puis, surtout, j'avais besoin de lui pour rejoindre, chaque jour, même si ce n'était qu'un rêve, même s'ils étaient plus inaccessibles que des anges, les habitants de la terrasse, qui étaient mes naufragés et que j'aimais.

Ce dimanche, en montant en voiture, j'avais posé sur mes genoux le panier que ma mère utilisait autrefois, quand elle vivait à la maison et faisait les courses pour nous, pendant que nous étions à l'école. C'était un grand panier d'osier bruissant, à une seule anse, que j'avais rempli à ras bord, et même plus haut que le bord, de pâtes cuites, de riz cuit, de boîtes de sauce tomate s'ouvrant facilement, de paquets de gruyère râpé. Bien entendu, je n'avais pas oublié les noix. Je les avais choisies, au supermarché, belles et dorées dans leur sachet de plastique orange. C'était pour la fillette.

Mon frère crut longtemps que ce panier que je couvais en le serrant sur mes genoux était un panier à pique-nique que je destinais à notre dimanche. Il me dit :

– Si on s'arrêtait là-bas, je vois une clairière, on pique-niquerait. Qu'est-ce que tu as préparé ?

Et il se pencha vers moi en flairant et en dilatant les narines pour voir ce que pouvait bien contenir cet appétissant panier. J'agitai les mains, assez gêné :

– Arrête, Alain, ce n'est pas à moi. Il faut que je le rapporte à la cité des Mimosas, un service que j'ai promis de rendre. Je ne peux pas faire autrement. Tu veux bien m'emmener ?

Alain siffla de mauvaise humeur. Il portait ses habits du dimanche et n'avait pas l'intention de les exhiber à la cité des Mimosas. Ce n'était pas pour des minables qu'il s'était habillé comme un prince, il avait l'intention d'aller se pavaner du côté des cités où il y avait des cafés et des clubs où l'on pouvait rencontrer de belles filles. Et il agitait dans tous les sens sa tête luisante de gomina. Je me revois encore, dans le rétroviseur, les lèvres toutes pâles, en train de lui dire :

– Juste un saut, on fait un saut en coup de vent, je dépose le panier et puis je t'accompagnerai où tu voudras. Je connais un café où la salle de billard est vraiment chic. Et presque tous les dimanches après-midi, il y a les plus belles filles qui viennent fumer des cigarettes.

Mon frère sourit. Ses narines cessèrent de se dilater. J'eus moins peur pour les délices que contenait mon panier et qui m'avaient coûté toutes mes économies du mois de mars. Mon frère sembla oublier l'odeur citronnée du gâteau, le jambon qui embaumait la voiture, le parfum de la mie fraîche, et la saveur sucrée de trois pommes reinettes qui sentaient aussi fort que de petites bouteilles d'eau de toilette rondes.

– Sus à la cité des Mimosas, dit Alain, mais je te donne cinq minutes, pas plus. J'ai une grosse envie de billard.

Chapitre dix

J'étais fou de joie. J'étais fier de moi. Je me sentais plus idiot qu'une mère de famille nombreuse, je me sentais même un peu mère poule et mon panier contenait de quoi nourrir trois poussins perdus, ou bien trois vilains petits canards. Sur le dessus du panier, j'avais déposé les pull-overs et un des paquets de tabac pris dans le buffet de l'appartement fantôme. Et puis, dans le panier, j'avais glissé une lettre, une toute petite lettre où je disais : *Il faut absolument que nous fassions connaissance. Ne faites pas les idiots en restant là-haut. Je m'appelle David. Vous allez attraper froid, vous allez vous rendre malades. Si vous voulez me voir, je lave les carreaux, vous n'avez qu'à vous pencher un peu. J'ai un seau orange. Bon appétit.* »

C'était, pour moi, comme une lettre d'amour et c'était aussi important que la première fois que j'avais écrit à Olga : *Je t'aime. Je t'ai touché le coude hier au café. J'ai eu envie de t'embrasser.*

Je préférais ma lettre aux habitants de la terrasse, je trouvais qu'elle contenait bien plus d'amour et de tendresse que, l'année dernière, le petit mot que j'avais écrit pour Olga. J'avais pensé aussi qu'ils s'ennuieraient moins avec un jeu de cartes. Et j'avais glissé le mien, tenu par un élastique bleu, dans le panier.

La petite voiture de mon frère vrombit et se gara devant la cité des Mimosas. Les pneus crissèrent. Ma ceinture de sécurité se bloqua et je fus violemment rejeté en arrière, contre l'appui-tête. Dans le panier, les boîtes de conserve heurtèrent la bouteille de jus d'orange et j'eus l'impression d'avoir égrené toute la gamme sur un xylophone.

– Alain, tu es un véritable chauffard !

– Non, je me défoule un peu, répliqua mon frère, hilare.

Il faisait briller ses souliers avec un chiffon qui traînait sous le siège arrière :

– Dépêche-toi, je te donne dix minutes pour te débarrasser de tes gamelles.

En vérité, il n'avait pas de montre. Le dimanche, Alain refusait de mettre sa montre, c'était un jour sans temps qui passe.

Je souris :

– Je reviens tout de suite, promis.

Chapitre onze

J'entrai dans l'immeuble, les yeux baissés. Je craignais que le concierge ne se précipite sur moi pour me demander d'un air sauvage ce que je faisais à traîner là un dimanche. J'avais peur que l'ancien d'Indochine ne me secoue en me tenant par le col et en me criant :

– Alors, tu viens nous détrousser, espèce de sale petit boy.

Je faisais des cauchemars tout éveillé. Le Russe me balançait un croche-pied dans l'escalier et tout le contenu précieux de mon panier se déversait, irrémédiablement perdu. Et j'entendais les noix bondir et rebondir en se brisant sur l'arête des marches.

J'entendis ma voix hurler non et ce non se répercuta longuement dans la cage d'escalier. Je n'avais pas osé prendre l'ascenseur. Je grimpais silencieusement. Seule l'anse du panier grinçait et aurait pu me trahir. Elle crissait régulièrement, comme une respiration d'enfant qui tousse. En arrivant au pied des escaliers labyrinthiques, je savais que mes joues étaient toutes rouges, non pas à cause de la fatigue mais grâce au bonheur et à la timidité.

Je ne me souvenais plus si j'avais ou non signé ma petite lettre. Est-ce que j'avais bien mis un paquet de beurre dans le panier? Les pâtes sans beurre, ce n'est pas bon.

Je gravis l'escalier de fer et pris une grande respiration avant de frapper du poing à la trappe rouillée. J'entendis vaguement qu'on disait, à travers la trappe, au-dessus de ma tête : « Maman, quelqu'un a frappé. » Et mon visage se décomposa quand j'entendis une grosse voix répondre : « Si c'est les flics, j'ai de quoi les accueillir ». Et il y eut des larmes et une voix douce qui prononça : « De toutes façons, ça ne pourra pas durer toujours. » Et la grosse voix éclata d'un rire méchant en assurant que tous les sauvages et les singes peuvent vivre des années entières dans les arbres.

Je frappai plus doucement une seconde fois, et la voix sombre du grand-père me hurla :

– Foutez le camp, qui que vous soyez, ou je vous fais votre affaire personnellement. C'était dans nos conventions, personne ne doit monter ici. Un panier par semaine, on ne vous en demande pas plus. Ne venez plus pleurer là-dessous comme des chats en chaleur. Allez, foutez-moi le camp.

J'ai laissé le panier et je suis parti, mon frère m'attendait et puis ç'aurait été idiot de rester. Rester pour voir quoi ? Mon frère klaxonnait comme un fou, je descendis à toute vitesse, glissant à moitié sur la rampe, prenant mes virages comme un surfeur ou un skieur.

Je ne sus même pas comment se passa le repas dominical, là-haut sur la terrasse. J'ignorai si les pâtes et le riz que j'avais fait cuire moi-même firent plaisir à quelqu'un ou s'ils furent jetés par-dessus bord comme un contenu de poubelle. Je ne sus pas si la petite mangea un peu. J'espérais simplement qu'ils avaient coupé le gâteau avec un peu de joie dans les yeux, comme un jour de fête. J'espérais aussi que les pull-overs les réchaufferaient et que le tabac brûlant, avec une odeur de miel, dans la pipe du vieux, lui rendrait la bonté et le courage. Quant à ma lettre, je n'osais même pas y penser.

J'étais allongé sur le canapé, dans l'appartement fantôme, et je rêvais en feuilletant un album photo que j'avais trouvé dans le tiroir de la table de chevet des parents. Le père avait été un homme grand et fort. Il ne méritait certes pas la mort stupide qu'il s'était donnée. La mère était une femme très belle et, sur toutes les photos, c'est la joie qui se lisait. Elle avait dû être une femme drôle, toujours prête à rire de tout. Et puis la petite avait l'air gourmand. Beaucoup de photos la montraient, attaquant un gâteau au chocolat ou croquant une pomme en faisant vers l'appareil des grimaces avec les yeux.

Aucune différence entre cet album que je feuilletais et tous les albums des familles heureuses.

Chez nous, nous avions été seuls très tôt, Alain et moi, et notre album photo se limite à quelques scènes de couloirs de maternité, à deux berceaux transparents. Mais je n'aime pas parler de ces choses-là.

Je me remis à tourner les pages de l'album et à faire crisser les feuilles de papier cristal. Une photo me plut particulièrement parce qu'elle portait une légende. Dessous, on avait écrit au crayon de papier : « André, Michel, Colette et Émilie - Les dix ans d'Émilie à Paris. » C'était une photo classique, sans vraiment d'intérêt, la photo que l'on prend quand on escalade la tour Eiffel pour la première fois et qu'on a un réflexe de touriste japonais. Non, ce qui me plaisait, en plus des sourires de Michel, de la casquette à carreaux d'André, de la beauté de la robe de Colette et du sourire si blanc de la petite Émilie, c'était d'avoir appris leurs prénoms, que j'ignorais jusque-là.

Les habitants de la terrasse avaient un visage et un prénom. J'avais l'impression de les connaître depuis toujours et puis j'eus même un sentiment étrange, en pensant à Michel, l'homme à chemise blanche et cravate bleu ciel, penché au bord de la tour Eiffel et souriant, je me demandais où était sa tombe aujourd'hui. Mais je m'interdisais d'être triste et ne voulais pas repenser à l'itinéraire de mes parents à moi.

Mes parents, je les avais compris et approuvés. Ils n'avaient pas de travail ici, alors ils avaient décidé de partir loin, dans un pays étranger, en Afrique de l'Ouest. Et puis là-bas, ils avaient contracté une maladie virale à laquelle on ne pouvait rien. Si Alain est allé travailler dans l'industrie chimique, c'est, je crois, qu'il espérait, à force de fréquenter des chercheurs, inventer un médicament auquel il aurait donné notre nom.

Il y avait des formules dans sa chambre et des livres de médecine. Moi, je crois que, malgré tout, mes parents ont mieux fait d'aller en Afrique de l'Ouest, même pour y rencontrer des virus de mort, plutôt que de grimper se percher sur une terrasse, comme des cigognes ou des freux.

Voilà ce que me rappelait cet album photo et j'ai pleuré. Le vieux soldat d'Indochine me réveilla comme s'il me tirait d'un sommeil hypnotique, en faisant claquer ses doigts. Je sursautai, je voulus m'enfuir. Il me maintint solidement par l'épaule.

– Ne t'inquiète pas, je me doutais bien que tu rôdais encore par ici. André était mon ami, un bon copain, on a fait l'Indochine ensemble. Et puis il tape le carton comme pas un. De temps en temps, je viens ici fumer une pipe en me souvenant de lui.

Je bondis :

– Pourquoi vous souvenir? Il n'est pas mort, il est à quelques dizaines de mètres au-dessus de vous. Donnez-vous la peine de le sauver.

Le vieux ricana :

– Tu ne sais pas ce que c'est que le caractère. Tu ne

sais pas ce que c'est qu'un homme, tu crois que c'est raisonnable et qu'il suffit de lui donner un peu de sucre, comme à un chien, pour qu'il se roule sur le dos. Ils ont un orgueil d'acier. Michel était comme son père, un orgueilleux. Il n'a pas supporté qu'on lui refuse de l'argent.

Je me mis en colère :

– Et vous qui le connaissiez, vous ne lui avez pas donné d'argent, mais vous êtes un meurtrier, alors !

Le vieux bourra une pipe avec le tabac d'André, et l'alluma :

– Oui, je suis un meurtrier. J'ai tué des hommes en Indochine. André en a tué aussi. Nous avons tué pour la France et pour cela nous avons été décorés et moi j'ai laissé ma jambe en punition de mes péchés.

Il désigna ostensiblement son moignon, son pilon, ses béquilles.

– On pourrait faire imprimer des cartes de visite au nom de tous les habitants de l'immeuble et mettre sur chacune « Meurtrier ». C'est vrai que nous ne leur avons pas donné d'argent et c'est vrai aussi que nous ne les avons pas aidés. Nous avons réfléchi après. Ça arrive souvent de réfléchir après. Mais quand il a été trop tard, alors nous avons trouvé des tas de solutions. Moi, je me suis aperçu que j'avais plus d'argent que ce que je pensais et puis la mercière s'est aperçue qu'elle cherchait, depuis trois ans, une secrétaire un peu comptable pour le magasin. Et puis l'entrepreneur de jardins et espaces verts qui loue l'appartement 284 s'est aperçu qu'André jouait très bien de la cisaille et pourrait entretenir la cité des Mimosas pour trois ou quatre mille francs par mois, en plus de sa retraite. Mais on s'en est aperçu après, quand la grue de la dépanneuse a sorti de l'eau la voiture de Michel. Tu sais, on a tous assisté au spectacle et, au fur et à mesure que la voiture sortait de l'eau, c'est nos idées qui émergeaient peu à peu de la boue de notre crâne. Voilà pourquoi nous sommes des meurtriers.

Le vieux tira de longues bouffées de sa pipe et j'avais l'impression que la fumée était magique et que je pourrais voir, en faisant un petit effort, des portraits, des scènes et des tableaux, dans les volutes épaisses. Le vieux écarta la fumée avec les mains :

– Toi aussi, tu la mérites, la carte de visite ! me dit-il.

J'ouvris des yeux médusés. Le vieux se passa la main dans les cheveux, de l'air gêné de qui doit annoncer une mauvaise nouvelle :

– Depuis que tu es allé déposer, Dieu sait pourquoi, un panier garni de je ne sais quoi sur la marche de l'escalier, André ne se tient plus de rage. Je le connais bien, tu sais, c'est une vraie brute quand on l'humilie. C'est un soldat, tu comprends ça ? Il a tout perdu en perdant son fils. Alors pour lui, crever, c'est rien. Et faire crever sa belle-fille et la petite Émilie, ça lui est égal. Il préférera les voir mourir de faim plutôt que de les laisser en bas, là où on se traîne, nous, là on où rampe, là où son fils est mort dans la vase.

Je trépignais comme un môme :

– Et Colette, et Émilie, elles ont droit à la parole, tout de même. On n'est plus au XIXe siècle, les femmes n'obéissent plus aux hommes, encore moins aux vieux soldats. Peut-être que mon cadeau leur aurait plu, je suis sûr que Colette aurait voulu son gilet. Émilie, je l'ai entendue, de mes oreilles entendue, elle demandait des noix.

– Je ne sais pas ce qu'en ont dit les femmes. En tout cas, on n'a pas voulu de ton cadeau. Le père Char a retrouvé le contenu de ton panier répandu au pied des escaliers.

Le vieux me tendit le panier d'osier qu'il sortit de derrière le rideau de l'entrée. Je vis mes boîtes de conserve, le verre brisé de la bouteille de jus d'orange, et les pullovers et le paquet de tabac intact et le sac orange de noix dorées.

– Le plus ennuyeux, c'est qu'ils n'ont pas pris non plus le panier habituel du jeudi suivant, continua le vieux. C'était le tour du Père Char. Il est désolé. Ils n'ont pas mangé depuis des jours, maintenant. C'est toi qui as rompu le pacte. Le pacte disait que chacun d'entre nous devrait déposer un panier contenant de la nourriture simple, tous les jeudis. Et pas de tracasseries et de jacasseries et de sentiments. Tiens, voilà aussi ta lettre. Ils ne l'ont pas ouverte, c'est moi qui l'ai décachetée.

Je balbutiai :

– Et le jeu de cartes ? Vous n'avez pas retrouvé mon jeu de trente-deux cartes, avec un élastique ?

Le vieux me dit simplement :

– On a ramassé le plus gros. Tu ne crois pas qu'on allait se traîner à quatre pattes pour récupérer tes petites chinoiseries.

J'imaginai mon jeu de cartes, abandonné, déjà gondolé et humide, sous un vieux tuyau suintant et rongé par les mulots.

– Oui, donnez-la moi, la carte de visite. C'est de ma faute. J'ai confondu les sentiments et puis ce qui est vital. L'amour, ce n'est pas vital, n'est-ce pas ? Ce qui est vital, c'est un métier, de l'argent, des choses à manger. Pas l'amour, la preuve.

– L'amour, ça gâche tout, me dit le vieux. Avec l'amour, on en fait toujours trop, et on perd tout.

Il quitta l'appartement en laissant la porte entrebâillée. Je compris qu'il m'invitait à rentrer chez moi. J'avais fait suffisamment de mal pour aujourd'hui.

Les joues aussi rouges qu'une cerise confite, je suis allé piquer, dans le placard de mon frère, sa chemise saharienne, pleine de poches et de recoins. Puisque je n'étais qu'un apprenti, puisque j'avais commis, à moi tout seul, plus d'erreurs qu'il n'était décemment permis, j'étais prêt à mettre ma vie en balance pour éviter aux habitants de la terrasse une ridicule et douloureuse grève de la faim, l'assistance sociale, le drame des pompiers ou des policiers venant les déloger, la curiosité de la presse locale publiant leur photographie.

Mon plan était une folie absolue. J'allais grimper le long de la façade de l'immeuble et me hisser sur la terrasse. Nous étions mardi, je séchais les cours. De toutes les façons, en classe, je n'écoutais plus. Je ne voyais plus rien d'autre que toutes les fenêtres superposées de la cité des Mimosas et, parmi la forêt d'antennes, sur le toit de l'immeuble, une espèce de cabane imaginaire construite par des Robinson tristes.

Tout en m'habillant et en bourrant les poches de la chemise saharienne de quantités de victuailles (l'épicière ne m'avait jamais tant vu et mon frère s'étonnait de mon dévouement quand je me jetais sur mon vélomoteur aussitôt qu'il exprimait le désir de boire un Coca ou de croquer un Toblerone ; en vérité, je détournais une bonne partie de l'argent des courses au profit des habitants de la terrasse et, à force, j'avais reconstitué une jolie petite cagnotte, suffisante en tout cas pour garnir un panier de pique-nique pour quatre), je testais mes muscles. Mes biceps étaient costauds mais j'avais un peu de faiblesse dans les épaules et il aurait fallu que les muscles de mon dos soient un peu plus matelassés. En revanche, j'avais confiance dans mes mains, mes doigts étaient puissants et solides. Le travail, l'éponge, la peau de chamois, le seau les avaient durement musclés et je me sentais tout à fait apte à m'accrocher à une paroi, comme un alpiniste, juste par le bout des doigts. Je me coupai les ongles avec soin en vue de mieux sentir la pierre sous mes doigts.

Je pris mon vélomoteur et, obèse comme un bibendum à cause de toutes les poches de la saharienne bourrées à craquer, je me rendis à la cité des Mimosas. Je n'ai jamais autant sifflé et chanté pour me donner du courage. Et je hurlais à tue-tête toujours la même vieille chanson de Maxime Le Forestier : *C'est une maison bleue, adossée à la colline, on y vient à pied, on ne frappe pas, ceux qui vivent là ont jeté la clé...*

Sur mon porte-bagages, soigneusement dissimulée dans un épais sac en plastique vert et bleu, une corde. J'avais eu bien du mal à en trouver une qui serait suffisamment longue et solide pour supporter mon poids. J'étais fou à lier. Les noix brinquebalaient dans mes poches. C'était Pâques dans quelques jours et un lapin en chocolat commençait à fondre dans ma poche de poitrine. J'étais un type complètement gâteux, séchant les cours pour aller escalader un immeuble et ravitailler une famille d'excentriques qui avaient refusé de se laisser humilier par la stupidité de la vie, par l'aveuglement des autres, par l'inexorabilité du chômage.

L'amour n'est pas seulement aveugle, il ne vous fait pas seulement prendre des vessies pour des lanternes, il est également sourd au bon sens, et puis il est muet (personne ne savait quelle expédition j'allais tenter), il est insensible (je m'étais blessé si profondément au coude gauche, en volant la corde dans le gymnase du lycée que je ne sentais plus mon bras et qu'il fallait vraiment toute la folie de l'amour pour tenter une escalade dans ces conditions-là).

L'amour coupe également l'appétit et c'est vrai, ma foi, que j'avais bu de l'eau fraîche, un point c'est tout, au robinet de la cuisine et que j'étais étonné qu'elle fût bonne et pure comme celle d'une cascade. Ce matin-là, je n'en avais pas senti le chlore et l'âpreté de rouille. Ce matin-là, l'eau du robinet avait suffi à m'enivrer.

Dans la poche arrière de mon jean, j'avais enfoui la photographie montrant André, Michel, Colette et Émilie, sur la tour Eiffel.

Chapitre quinze

Mme Retz habitait le tout dernier étage de l'immeuble et je sonnai à sa porte, vers 10 heures du matin, léger et souriant, vêtu de ma blouse blanche que je n'avais pas pu boutonner correctement à cause de l'ampleur de la chemise saharienne. Je tenais mon seau dans la main gauche, avec le sac en plastique contenant la corde. Ma belle éponge orange gigotait dans ma main droite. Mme Retz me regarda d'un air surpris :

– Mais on n'est pas samedi, mon petit bonhomme.

– Changement de programme, madame Retz, dis-je en pénétrant de force dans le minuscule appartement qui semblait battu par les vents comme un phare ou un rocher. Changement de programme.

Les stores se balançaient, l'horizon n'était bouché par aucune barre de HLM, je voyais, loin, très loin, des forêts et des taillis d'un vert superbe.

– Madame Retz, vous devriez continuer votre petit travail sans vous occuper de moi, dis-je. Allez dans votre cuisine et fermez la porte, il va y avoir du courant d'air. Je ne voudrais pas être responsable du gros rhume que vous allez attraper.

– Vous avez raison, me dit docilement Mme Retz, et elle retourna s'affairer dans sa cuisine.

Si j'avais choisi, comme point de départ de mon expédition, l'appartement de Mme Retz, c'est qu'elle était une très vieille dame, avec un peu de cataracte et que j'avais mes chances de mener à bien mes petites affaires sans qu'elle s'aperçoive de rien. De plus, elle était la seule, pour cause de boules Quies, à n'avoir jamais entendu les sanglots de Colette, la nuit, ou tôt le matin, et il y avait fort à parier que cette très vieille dame naïve ne s'était jamais doutée qu'elle vivait juste sous les pas d'une famille peu ordinaire.

La porte de la cuisine claqua. J'ouvris la fenêtre. Le vent me sifflait aux oreilles comme une tempête en bateau. Je m'interdis de regarder en bas. Je tirai la corde de son sac en plastique qui s'envola, gonflé comme une petite montgolfière, et plana, à dix ou vingt mètres au-dessus de moi. Je le suivis des yeux un instant puis j'eus peur d'avoir un vertige et je me concentrai sur ma tâche.

Un mât d'antenne était planté, juste là, près du bord. Il y avait peut-être trois mètres de distance entre le bord de la terrasse et moi, debout sur l'appui de la dernière fenêtre. J'éternuai à cause du vent. Je manquai lâcher la corde. Je m'en voulus, je me disais que j'essayais de me défiler, que mon corps allait inventer des tas et des tas de symptômes psychosomatiques pour m'empêcher de grimper. Mais j'étais convaincu que j'y arriverais, j'étais sûr qu'il y avait quelque part dans mon sang, ou dans mon cœur, ou bien dans ma tête, de la bravoure et du courage.

Je jetai la corde vers le haut, en essayant d'imprimer à mon geste un mouvement d'enroulement. Cela réussit du premier coup, la corde se prit autour du mât de l'antenne et je la rattrapai sans mal. Je tenais donc dans mes mains les deux extrémités de la corde, un peu comme les rênes d'un cheval et je m'apprêtai à escalader, en me hissant à la corde, la paroi en à-pic qui me séparait de la terrasse. Je pris une profonde respiration. Mme Retz bousculait des poêles dans sa cuisine. Je souris.

D'un bond, je me soulevai, mes tennis se calèrent contre le mur, j'enroulai la corde autour de mes bras, au fur et à mesure de mon ascension. Lorsque je fus à mi-chemin, je fis passer chaque extrémité de la corde dans mon dos et les nouai sur mon ventre. J'étais ainsi comme dans un hamac, peut-être moins décontracté qu'un amateur de méridienne mais relativement en sécurité.

Les poches de la chemise saharienne m'alourdissaient terriblement mais ce n'était plus le moment de jeter du lest. Encore cinquante centimètres et je prendrais pied sur la terrasse, au milieu des naufragés.

J'entendis, malgré les sifflements du vent, des voix. J'entendis très distinctement : « André, je désespère ». Et une voix bourrue répondit : « Il n'y a jamais lieu de désespérer. » Puis la voix claire et pointue d'Émilie se mit à chanter : « Maman, donne-moi les cartes, je veux jouer aux cartes, Papi, tu veux jouer aux cartes avec moi ? »

J'eus seulement le temps de réaliser que c'était mon jeu de cartes qui amusait Émilie et je fus très heureux. Ensuite, les choses se précipitèrent et je n'eus plus le loisir de penser ou d'écouter mon cœur. Le vent se leva, une bourrasque fit s'envoler un tourbillon de poussière, mes paupières se fermèrent et quand je les rouvris, je vis passer devant moi une carte à jouer, le valet de carreau, je m'en souviendrai toute ma vie, c'était le valet de carreau et je l'attrapai d'un mouvement réflexe. En l'agrippant, je sentis la chair chaude et douce d'une fille. Depuis Olga, je n'avais pas eu contre moi la douceur d'une fille. C'était Émilie. Courant après la carte qui s'envolait, elle avait basculé par-dessus le bord de la terrasse, elle était tombée contre moi, et nous étions là, suspendus dans l'espace à un mât d'antenne.

J'étais son garde-fou, son parapet vivant.

Chapitre seize

Personne, sur la terrasse, ne s'était aperçu de la chute d'Émilie. Je ne savais pas si je pourrais tenir longtemps. J'avais, dans la main gauche, une carte à jouer, un valet de carreau, et, dans le creux du coude gauche, mon coude blessé, la tête bouclée d'une fille adorable qui n'était pas bien lourde, certes, mais tout son corps pesait sur le mien et moi, je ne tenais plus que par la force de mes bras et de mes jambes, par la grâce d'une corde que j'avais volée comme un cancre dans le gymnase du lycée et pour laquelle on allait sans doute me renvoyer du bahut.

Toutes ces idées tourbillonnaient dans ma tête mais moins vite cependant que la poussière et j'en avais les yeux pleins, de poussière, et Émilie, quand elle tourna la tête vers moi, avant de crier de toutes ses forces

« Maman », Émilie me sourit et cligna ses yeux bleus avant que la poussière ne les force, eux aussi, à se fermer.

C'est le cri d'Émilie qui nous sauva. J'avais continué à grimper, pourtant je ne sentais plus mon bras, j'avais peur qu'il s'ouvre, que mon coude cède et que la tête d'Émilie, que je tenais bien en sécurité, comme la tête d'une noyée hors de l'eau, m'échappe et que son corps tout entier m'échappe.

Elle eut le réflexe de mettre les bras autour de mon cou et j'eus un peu de répit dans le coude gauche.

J'entendis qu'on appelait Émilie. La voix de sa mère, avec la panique, devenait de plus en plus aiguë, de plus en plus effrayée. « Quand on vit sur le toit du monde, dans un endroit aussi exigu que le sommet d'une falaise, on surveille ses gosses, bon sang », me disais-je.

J'arrivai presque au bord de la plate-forme. Je posai le menton sur le rebord et j'essayai de me hisser à la force du cou et des muscles de la nuque. J'eus un peu de succès. Ma voix était devenue très rauque et je me mis à crier au secours en direction des habitants de la terrasse que je voyais maintenant, courant sur le gravier, se penchant par-dessus bord et cherchant Émilie derrière chaque bouquet de mâts d'antenne.

– Ici, ici, criais-je. Et je dis à Émilie : Bouge tes bras, fais des signes, moi je ne peux pas lâcher la corde, tu comprends ?

Émilie fit des signes et bougea les bras. Heureusement, elle portait une robe claire, devenue toute grise, à cause de la pluie sans doute. Colette la repéra, et bientôt André et elle la prenaient dans leurs bras et la ramenaient sur la terre ferme. J'eus peur qu'ils ne me laissent là, suspendu entre ciel et béton, mais André m'avait solidement attrapé sous les aisselles et Colette pleurait en me disant :

– Merci monsieur, venez monsieur.

Je ne vis aucun mouvement de révolte dans l'attitude d'André. C'était un homme très grand et très fort. Ses muscles étaient encore bien développés. J'avais un peu l'impression de le connaître à force d'avoir entendu parler le vieux soldat d'Indochine.

Chapitre dix-sept

Pendant une heure ou deux, je ne vis rien de la terrasse. André m'adossa à une cheminée, Colette me cala le dos avec une pantoufle chaude et je m'engourdis, bercé par la voix d'Émilie, par le vent, par la douleur et la fatigue. J'étais arrivé. J'avais touché mon but. J'ouvris les yeux. Il y avait toujours, presque déchiré par la force désespérée de mes doigts, le valet de carreau dans ma main gauche. Je m'endormis.

C'est André qui me banda le coude avec des morceaux de papier et de carton qui voltigeaient sur le toit. Mais je me sentais aussi bien, dans ce cataplasme de fortune, que dans une solide attelle.

– Pourquoi m'acceptez-vous, dis-je, pourquoi m'avez-vous sauvé, alors que vous avez refusé le panier que je vous avais apporté, dimanche ?

André me détailla, en prenant son temps :

– Tu as sauvé Émilie. Voilà pourquoi. Et maintenant cesse de poser des questions.

Émilie me regardait en souriant. Colette tournait en rond sur la minuscule terrasse.

Je l'appelai :

– Madame, je ne suis pas venu les mains vides. Ouvrez les poches de ma chemise. Ce sont des choses pour vous et pour Émilie. Acceptez-les cette fois-ci. Ce serait un grand bonheur pour moi.

Aussitôt Émilie me fouilla comme une petite souris. Et je riais parce qu'elle me chatouillait. Elle me regarda longuement, et ce regard n'était pas celui d'une petite fille. C'était un regard profond, profond comme un mot d'amour. Ensuite, elle redevint une fillette affamée, elle ouvrit toutes les poches de la chemise saharienne et se rua sur le paquet de noix. Elle fit craquer les coquilles sous ses dents et bien que je lui eusse dit que cette méthode d'ouverture était très mauvaise pour l'émail des dents, elle mangea comme une petite ogresse.

Je crois que nous étions heureux, malgré le vent, le froid. Je tendis un paquet de tabac à André. Et je surpris sur son visage quelque chose d'inattendu chez un homme aussi rigide, dont le sentiment de l'honneur était aussi militaire et inflexible. Il avait souri de bonheur et de soulagement, j'en étais sûr.

Tout l'après-midi, je jouai aux cartes avec Émilie qui en redemandait, tellement elle avait été longtemps sevrée d'une présence étrangère, d'un ami.

Colette s'approcha de moi et demanda mon nom. Je répondis naturellement, sans grandiloquence :

– Je suis le valet de carreau.

Et comme elle me regardait bouche bée, je lui dis :

– Vous voulez que je vous dise la bonne aventure, je sais tirer les cartes.

Elle me remercia d'un signe de tête :

– Non merci, dites-moi plutôt pourquoi vous êtes venu ici, au péril de votre vie. Pourquoi tout cela ?

Je fis mine de réfléchir mais j'avais tant de choses à avouer que cette première nuit n'y suffit pas. A 4 heures du matin, je racontais encore comment j'avais feuilleté l'album de photographies et comment je les avais aimés, eux, les naufragés de la cité des Mimosas, et comment à partir de maintenant tout irait bien. Et je disais à Émilie :

– Nous sommes du même sang, toi et moi, et moi non plus je n'ai plus de père. Mais ce n'est pas une raison pour aller construire un nid sur un toit. Vous n'êtes pas des hirondelles.

Le visage d'André se congestionna :

– Vous ne savez pas ce qu'on nous a fait.

– Ça va s'arranger, ça va s'arranger, répétais-je.

Et Émilie répéta après moi :

– Il a raison, ça va s'arranger.

Chapitre dix-huit

Je m'endormis vers 5 heures du matin, sur un matelas de cailloux, dans une odeur mélangée d'urine et de tabac. André fumait avec bonheur, avec de grands bruits de bouche et de grands clappements de langue. J'entendais aussi chanter les herbes du terrain vague et chanter les arbres. Tout chante, sur une terrasse balayée par le vent.

Je sentis qu'Émilie se glissait contre moi pour se réchauffer et peut-être aussi parce qu'elle avait pour moi de la tendresse ou de l'affection. Quand je me réveillai, vers 8 heures, elle dormait contre moi et son nez enrhumé faisait un bruit de casserole qui bout. Je l'embrassai sur le bout du nez. J'étais heureux comme un jeune marié. Je riais et pleurais à la fois.

Colette dormait encore, enveloppée de cartons, les pieds dans un sac en plastique. J'entendis aboyer des chiens, démarrer des voitures. Au-dessous de nous, l'immeuble s'éveillait et vivait. Je pensais à mon petit camarade russe qui partait pour l'école. Je reconnus son écharpe rouge et jaune. De la rosée dégoulinait le long des antennes comme si elles avaient été de grands arbres aux feuilles bien découpées.

Et je me rendis compte que, pour la première fois sans doute depuis bien longtemps, Colette n'avait pas crié dans son sommeil, et que le hurlement lugubre de sa douleur n'avait pas résonné sur le toit de gravier.

Je pris le valet de carreau dans le jeu qu'Émilie serrait contre elle et j'embrassai la carte en me disant que j'étais sûrement un dieu, une sorte de petit Mercure aux pieds ailés, perché sur le mont Olympe, et qu'il fallait impérativement que je continue d'être à la hauteur de ma réputation.

Chapitre dix-neuf

Nous dominions les fenêtres fermées et les rues devenues silencieuses. A l'heure du coucher, Colette s'asseyait sur un gros sac de plastique bourré de cartons. Elle s'en servait un peu comme de ce drôle de siège qu'on appelle une poire et qui épouse toutes les formes du corps. Mais elle était inconfortable, cette poire-là, et elle perdait son rembourrage par tous les accrocs du plastique.

Voilà, c'était fait, j'habitais une île, intouchable et lointaine.

En deux jours, le contenu de mes poches sahariennes avait disparu et Émilie avait recouvré son appétit. C'était un bonheur pour moi, une histoire merveilleuse puisque je l'avais guérie. Mais à quoi cela servait-il puisque je n'avais plus rien à lui donner à manger, pas plus qu'à sa mère ou à son grand-père.

J'aurais détesté être un homme préhistorique et pourtant je ne valais pas plus, là-haut, sur mon rocher. Être père de famille, nourrir les siens, ce doit être une chose terrible et je compris pourquoi mon grand frère Alain tenait tant à sa liberté même si elle lui coûtait beaucoup de solitude.

Le troisième jour de ma vie parmi les habitants de la terrasse, quand les dernières miettes de gâteaux eurent disparu de mes poches, je fis, du regard, le tour de notre habitation et j'eus une nausée. Il n'y a pas de raison de taire ce que je vis, en ce temps-là, sur le toit.

Je vis le jeune visage tanné de Colette et la moue affamée de sa fille.

Je vis André, secouant le paquet de tabac aux quatre vents pour en faire jaillir encore quelques brins et hausser les épaules de dépit parce qu'il était vide.

Et puis, il y avait les lits de cartons et de gravier, il y avait les toilettes qui étaient un monceau d'ordures malodorantes, masqué par une cheminée.

Il y avait ce creux dans le béton de la terrasse où Colette recueillait les eaux de pluie qui servaient à se laver le visage et le corps, mais en faisant très vite, à cause du froid et du vent sans cesse en battue.

La vie sur la terrasse était une vie de misère, de tristesse et de froid. Passé les premières heures où l'amour tout neuf qui me liait à Émilie m'avait réchauffé et rendu l'espoir et le courage, je voyais lucidement ce qu'était la terrasse. Il fallait aller pisser dans un coin, au vu et au su de tout le monde, il fallait manger dans des assiettes sales où venaient boire les pigeons, il fallait faire comme si cette promiscuité ne nous gênait pas, on vivait comme dans les tranchées, on était plein de boue, pareil, mon slip était sale, je puais des pieds, on puait tous comme des soldats qui auraient vécu dans un baraquement dont un typhon aurait ôté le toit. Et je suivais des yeux les habitants de la terrasse qui tournaient en rond, et cela sentait la ménagerie et la vieille cage. J'étais trop sensible peut-être, un garçon trop tendre, c'est pourquoi j'ai laissé faire, c'est pourquoi je n'ai pas cassé la figure de ce vieux fou. Mon frère me disait toujours que je ne saurais pas me défendre dans la vie parce que j'étais trop doux, je pensais trop aux sentiments. David, me disait Alain, la vie est encore plus dure que tu peux le croire aux moments les plus durs. Je rigolais, je le prenais pour un pessimiste. Il avait raison. Je suis là-haut maintenant, pas assez rugueux, pas assez costaud pour prendre la situation en main et organiser le sauvetage de trois âmes en peine.

La chemise d'André était tachée de sang. Il y avait déjà plusieurs jours qu'il avait dû se blesser. Mais comment ne pas se blesser, sur la terrasse. Tout y était saillant, dur et coupant. Les antennes balancées par le vent pouvaient vous éborgner à chaque instant. Des fils électriques couraient en crépitant, il fallait les éviter, et, pour cela, se griffer au béton des cheminées. Ici, tout était dangereux, rouillé, terrible. Un vertige, un rêve et l'on tombait du toit et l'on s'écrasait.

Tout de même, sur la terrasse, tous les jours où j'y vécus, hirsute et affamé, j'eus des moments de bonheur. Quand Émilie dansait pour moi, par exemple. Il arrivait que, le soir, des voitures laissent hurler leurs haut-parleurs et cela donnait de la joie à Émilie qui n'avait pas de tourne-disques là-haut. Elle entendait enfin de la musique. J'avoue que, moi-même, je regrettais de n'avoir pas pris mon Walkman, sinon pour écouter de la musique, au moins pour protéger mes oreilles du vent. J'étais comme Émilie, Colette et André, grippé, fiévreux et le nez coulant. De plus, le vent nous faisait suinter les yeux, nous collait les paupières et nous ressemblions à des chiens cockers. Je me souviens que le vent nous rendait fous, à force de nous torturer les cheveux et de nous siffler rudement dans les oreilles.

Si André me semblait méchant et dur, c'était peut-être à cause du vent. Un matin, je m'avançai vers lui :

– Monsieur André, je pense que la leçon a dû porter, maintenant. Vous avez suffisamment puni tout le monde, tous les habitants de l'immeuble, Colette, Émilie et vous-même. Maintenant, il serait peut-être temps de descendre, Émilie a attrapé une bronchite, il faudrait la soigner. Et puis, cela fait trop de temps qu'elle manque l'école maintenant.

André ne se contenta pas de me fusiller du regard. Il alla chercher, derrière une cheminée, un fusil qui était posé debout et que je n'avais pas vu encore. Il devait être ancien, mais il brillait et semblait bien graissé.

– Ne t'avise pas de me donner des ordres, menaça André.

Puis il fit tournoyer le fusil et visa, dans le terrain vague, un chat noir. Je le connaissais, il portait un collier jaune, c'était le chat de Mme Retz. Le coup partit et je vis le chat tournoyer et retomber, raide, au bord d'une flaque brillante.

– Mais vous êtes malade, complètement dingue !

J'étais hors de moi, à mi-chemin entre la peur pour moi-même et la certitude que Colette et Émilie étaient en grand danger. Il fallait de l'aide. Ma maigre expérience ne suffirait pas à résoudre quelque chose d'aussi terrible et d'aussi complexe. J'étais encore trop faible, pas assez rusé. Sois rugueux, me disait Alain, sois dur, n'aie pas peur d'être dur si tu estimes que c'est nécessaire. Des conseils, j'en avais besoin. Mais les mettre en pratique, c'était encore autre chose.

– Alors ? me dit André.

Il sentait la poudre et la sueur. Oui, c'était cela, il sentait comme les chasseurs, il puait comme un soldat.

Tranquillement, il reposa le fusil puis il chaussa ses lunettes et déplia un journal tout jaune, en bouchon, dans lequel il chercha, comme n'importe quel grand-père pacifique, la page des mots croisés. Les mots croisés avaient déjà été presque entièrement complétés par une autre main et, de toutes les façons, il n'avait pas de stylo.

Je sortis d'une poche de jean un minuscule crayon que j'avais emprunté à mon petit camarade russe et qui était plein de coups de dents.

– Tenez, André, ce sera tout de même plus simple.

Il hésita, puis il accepta le crayon.

Toute la matinée, André chercha des mots croisés dans les journaux qui voltigeaient sur la terrasse et je crois qu'il fut heureux, assis tranquillement contre une cheminée, suçant le crayon et claquant soudain des doigts quand il trouvait le bon mot.

– En neuf lettres, demanda-t-il à Colette, qui rêvassait, le regard perdu sur l'étendue morne des marais, quelques centaines de mètres à peine derrière le cadavre du chat, en neuf lettres : *Vide les baignoires et remplit les lavabos.*

Colette sembla se réveiller et s'approcha d'André. Ensemble, ils cherchèrent.

– Entracte, s'écria soudain Colette.

Et ils attrapèrent un fou rire.

Chapitre vingt

Émilie s'ennuyait terriblement. Ses professeurs lui manquaient, ses livres, ses barrettes, sa flûte à bec, tout lui faisait défaut ici. Alors elle faisait le tour de la terrasse à cloche-pied, elle était complètement retombée en enfance, puis elle récitait ses verbes irréguliers anglais et ses tables de multiplication, de 1 à 25 pour passer le temps. On se regardait, elle et moi, et nous partagions la même terrible impression de gâchis. Nous savions que si nous nous étions rencontrés sur la plage, ou bien dans une cour de récréation ou bien dans une forêt, alors nous aurions parlé de choses et d'autres, nous nous serions promenés, main dans la main, en nous tenant par l'auriculaire et notre premier baiser aurait été un moment tranquille et doux, un soir. Au lieu de cela, nous ne pouvions pas avoir l'un envers l'autre de geste qui puisse être mal interprété par

Colette ou par André. Notre amour commençait à peine et il était déjà contrarié. Et puis elle avait souvent avec moi des accès de mauvaise humeur, elle était très jalouse, je crois, de sa mère et de son grand-père à qui les mots croisés semblaient rendre un peu de calme et d'apaisement. Elle me reprochait maintenant de ne pas lui avoir offert un autre bonheur qu'un jeu de cartes.

– David, me dit-elle en posant sur ma nuque le bout de ses doigts glacés, sur mon bureau, il y a mon papier à lettres et mon plumier.

Elle désigna timidement la corde :

– Puisque tu es déjà monté une fois, tu pourrais peut-être aller me le chercher, le papier, et puis tu reviendrais, comme tu es venu mardi, par le même chemin, et je t'attendrais et si maman et papi me demandent où tu es, je dirai que tu es aux toilettes là-bas et qu'il ne faut surtout pas regarder.

Je refusai d'un signe de tête.

La nuit suivante, Émilie ne se coucha pas contre moi.

Elle me regarda en boudant, ses lèvres brillaient et je la vis s'endormir contre la poitrine de sa mère. Colette geignait un peu.

Je me promenai sur la terrasse, tournant en rond dans cet espace pas plus grand qu'une piste de cirque. Le faisceau d'une lampe de poche attira mon attention et j'assistai au vol d'une voiture sur le parking de la cité des Mimosas. Il était inutile de crier ou d'agiter les bras, les voleurs se seraient aperçus que je ne pouvais rien contre eux.

Alors je les regardai, comme au-dessous de moi, dans les appartements chauds, les locataires ignorants du calvaire des habitants de la terrasse regardaient des films stupides où l'on volait des voitures. Je crachai par terre. Je haïssais tout et tout le monde, à commencer par moi. Je mesurais, à cette époque, un mètre soixante-cinq ou six. André était un homme de plus d'un mètre quatre-vingts. Je tournais sur la terrasse. Il ronflait. Je me demandais si je serais assez fort pour le ligoter avec la corde. Vers 2 heures du matin, il me sembla que oui, je serais assez fort.

Je suis allé vers le vieux. Il dormait profondément. Je l'assommerais pendant son sommeil. Ensuite, je le ligoterais et puis il suffirait d'ouvrir la trappe, Colette et Émilie seraient libres et le cauchemar serait bien fini. Je me sentis, l'espace d'un instant, un meurtrier quand je ramassai la lourde planche. Des clous dépassaient et je me blessai. Mais je me moquais bien de mes égratignures. J'ai assené un coup de planche de toutes mes forces sur la tête du vieux. Mais il avait sauté de côté et je vis briller son œil gauche sous le sourcil en bataille. Il me montra le fusil couché à ses côtés.

– Je pourrais t'assommer d'un coup de poing, pour ce que tu as voulu faire. Va te coucher, petit salaud.

Mes mains saignaient. Le vieux avait l'air ravi que je me sois en quelque sorte puni moi-même. Je hurlai :

– Mon frère a raison, je suis un trop bon garçon. Et j'ai eu tort d'essayer de vous avoir par la force. Je n'aurai aucune chance contre vous et votre folie si j'essaie de vous battre avec vos propres armes. Vous ne connaissez que la tuerie et la violence. Pauvre vieux. Vous allez crever dans dix ou quinze ans et vous n'aurez même pas eu le bonheur d'avoir fait plaisir à quelqu'un. J'essaie simplement de vous ramener à la civilisation parce que vous pensez comme un homme préhistorique. Mais vous êtes perdu pour le monde. Je voulais seulement vous ramener à l'existence. Mon grand-père aussi avait des médailles. Lui aussi a tué des hommes mais il y a été obligé par la guerre. Il essayait de l'oublier. Pauvre type. Si vous aviez du fric, vous seriez du genre à dresser un doberman et à vous habiller en treillis.

André jouait à faire saillir les muscles de ses avant-bras. Il ne m'écoutait même pas. Je n'en pouvais plus de rage. Je me précipitai sur lui en le traitant de fumier. Il avait pratiqué les arts martiaux et je me retrouvai très vite la tête vibrante, couché par terre, immobilisé sous son genou.

Il ne dit pas un mot. Il confisqua la corde. Et j'allai m'étendre dans le gravier, la tête posée sur le bord de la terrasse, regardant fixement le vide.

Chapitre vingt et un

– Prenez donc un morceau de gâteau, André !

C'est ainsi que je réveillai le vieux, le lendemain matin, fier comme un paon. J'ajoutai :

– Je vous rends la corde, merci de me l'avoir confiée. Pensez tout de même que je serai viré du bahut pour avoir eu le tort d'essayer de vous aider. Il est vrai qu'un moussaillon n'a pas de conseil à donner à un soldat.

Assise sur une « poire », Émilie faisait son courrier en râlant parce que le vent taquinait ses feuilles de papier à lettres. Colette était enveloppée dans deux gilets bien chauds et dormait profondément, la tête calée contre un petit coussin. Mon sac à dos était suspendu à une antenne.

– Du tabac, André ? Et j'ajoutai insolemment : Qu'est-ce que vous diriez d'une bonne pipe ?

Je lui tendis *Libération, Paris-Match* et une revue complète de mots fléchés parfaitement vierges :

– J'ai trouvé ça aussi, j'ai pensé que ça vous intéressait.

Et, lui tendant un Bic bleu, je dis :

– Le stylo est fourni avec.

Je crus qu'André allait m'étriper sur place. Mais la douceur qui régnait, ce matin-là, sur la terrasse, sembla le pénétrer aussi. C'était sans doute la première fois, depuis toute cette cascade de drames, qu'il voyait Colette chaudement endormie, qu'il contemplait Émilie concentrée sur son courrier et pleine d'allant.

Il faut dire que j'avais fouillé dans l'armoire à pharmacie de l'appartement fantôme et rapporté des calmants pour Colette et une bouteille de sirop pour Émilie.

– Qu'est-ce que tu as encore inventé, petit salaud? Tu cherches à m'avoir, mais c'est moi qui t'aurai.

Et il se tut et fit mine de scruter les herbes hautes qui ondulaient sur les marais.

J'avais pu fuguer tout de même cette nuit-là. Notre combat, bien qu'inégal, avait fatigué le vieux soldat.

J'avais veillé des heures durant, et à force d'étudier la régularité de sa respiration et l'espacement de ses ronflements, j'avais appris à distinguer le sommeil feint du vrai sommeil. Une pareille brute était invincible par la force. Puisqu'il refusait de se laisser raisonner, j'emploierais désormais la ruse.

J'avais quitté le toit de la terrasse. André était encore très fort, certes, mais la vieillesse entraîne fatalement une petite surdité dont un adolescent pieds nus et souple peut aisément profiter. J'avais récupéré ma corde au prix d'un peu de contorsion et beaucoup de patience. En quelques secondes, je l'avais arrimée au mât, et puis d'un bond je fus sur l'appui de la fenêtre de Mme Retz. Elle était sujette à l'asthme, elle avait laissé ouverte la baie coulissante. Je l'avais poussée un peu plus et je m'étais glissé dans l'appartement. Un appartement obscur où l'on n'est pas attendu, plein de chausse-trapes et de dangers, c'est comme nager la nuit dans une eau inconnue.

Sur la table du salon de l'appartement fantôme, j'avais laissé une lettre, écrite en hâte sur le bureau d'Émilie. Elle était adressée au vieux soldat d'Indochine :

Il faut que vous veniez raisonner André. Il vous

écoutera peut-être. Il est armé. Elles ont peur de lui. Moi aussi. Il est fort comme un sanglier. Si vous ne pouvez rien faire, il faudra appeler la police. Mais essayez de leur épargner la police. C'est André qui a tué le chat de Mme Retz. Le cadavre est sur le terrain vague, cachez-le. Il ne faut pas qu'on sache qu'André s'est servi du fusil. Dites n'importe quoi à Mme Retz mais que tout cela soit discret. Je compte sur vous. Mon grand-père avait des tas de médailles, comme vous. Faites déposer un panier de nourriture le plus tôt possible. Et du sirop contre la toux, des verres en plastique et des sachets d'aspirine. Avertissez mon frère. Il doit me chercher partout. Appelez-le à son travail, au 01 45 89 23 90. Merci de tout cœur.

Chapitre vingt-deux

Je savais bien que le vieux soldat d'Indochine ne serait pas long à réagir et qu'il viendrait, un jour ou l'autre, fumer une pipe dans l'appartement poussiéreux. Il fut plus rapide et plus rusé encore que ce que j'avais imaginé. L'après-midi même, Alain, mon frère, hurla depuis le parking :

– Ohé, David, c'est moi. Qu'est-ce que tu fais là-haut ? Et il agitait les bras. Dis au vieux de venir, je veux qu'il m'entende.

André s'avança au bord de la terrasse. Je m'excusai rapidement :

– C'est mon frère, il était sans nouvelles de moi, il est inquiet, il faut le comprendre. Mais soyez tranquille, il ne dira rien.

Alain mit ses mains en porte-voix :

– Je vais déposer un panier sur l'escalier. Vous n'avez

pas le droit de refuser, c'est pour mon frère. Il y a juste des habits de rechange et de quoi manger. Il ne sera pas obligé de partager avec vous si vous ne voulez pas. Mais je vous demande, au nom de la fraternité, de laisser David prendre ce panier.

Je hochai la tête et fis une grimace admirative en direction d'Alain. Il ne le vit pas, bien sûr, j'étais beaucoup trop loin de lui mais, en moi-même, j'étais follement heureux. Si Alain s'en mêlait, tout irait bien, c'était sûr. J'avais toujours eu en mon grand frère une confiance aveugle. André se renfrogna mais quand nous entendîmes frapper à la trappe rouillée, il se contenta de serrer les poings et de me dire :

– Tu as gagné une bataille mais tu n'as pas gagné la guerre.

Je soupirai :

– Monsieur André, ce n'est pas la guerre, ce n'est plus la guerre. Je ne suis pas un ennemi. Je ne suis pas un soldat. Je n'ai pas d'armes. Quand est-ce que vous comprendrez cela ? Le chômage, et la solitude et le suicide de votre fils, ce n'était pas un guet-apens, ce n'était pas une bataille non plus, c'était la vie, tout simplement, dans ce qu'elle a de plus moche. Mais ces problèmes-là, André, ne se résolvent pas à coups de carabine ou de grenade. Il faut être malin, un peu plus malin que vous ne l'êtes.

André me gifla et je fus sonné comme un boxeur. J'étais de nouveau allé trop loin pour l'orgueil de ce vieil homme implacable. J'admettais mon erreur. Aussi ne fis-je aucune protestation. Je frottai ma joue mais il faut avouer que la fraîcheur du vent agit sur mon visage avec l'efficacité d'une vessie de glace. En cinq minutes, je n'avais plus rien et quand je me regardai, dans le miroir de poche que j'avais rapporté pour Colette, je ne vis qu'une écorchure sous l'œil et qui ne saignait déjà plus.

Sans un mot, André me fit passer le panier que mon frère me destinait. Il en dépassait d'inoffensives baguettes de pain, et des sucres d'orge anciens, en forme de cannes. J'en lançai un à Émilie qui fit avec l'index et le majeur le V de la victoire.

Elle était optimiste. Nous étions redevenus amis, elle et moi. Je ne sais pas si elle avait deviné, à l'époque, combien je l'aimais.

Colette était tellement perdue dans la peur, dans l'angoisse, dans le cauchemar que nous ne nous parlions pas beaucoup. Ses forces et sa santé l'avaient abandonnée, elle ne pensait plus qu'à Émilie. Elle me disait à tout bout de champ :

– Pensez à ma fille, à Émilie, protégez-la, j'ai toujours essayé de la protéger. Protégez-la contre lui, surtout contre lui, et elle me désignait André.

Mais Émilie était merveilleuse de courage et de force. Même si elle pesait à peine trente kilos, même si elle n'était pas beaucoup plus grande qu'une poupée qui marche, elle supportait avec une énergie incroyable la mort de son père, le renoncement de sa mère, la douloureuse agressivité de son grand-père et sa folie qui consistait à vivre sur un toit, comme un commando attendant de passer à l'action.

André me surveillait à chaque instant. De mon panier, il avait peur que je sorte un pistolet automatique ou un téléphone portable d'où j'aurais appelé les pompiers. Il ne me quitta pas des yeux pendant que je tirais du panier des saucissons, du pain, du chocolat, des fruits frais.

– Contre le scorbut, criai-je à André, il faut des vitamines. Et je ricanai. J'étais nerveux. J'en avais assez d'être dévisagé. Je devins crispé et violent : Je ne sais pas si ça vous amusera longtemps de faire vivre votre famille comme sur un radeau en pleine mer, comme sur le radeau de la Méduse alors que tout est résolu. Je vous l'ai dit, tout est résolu. Que faudra-t-il encore pour vous ouvrir les yeux?

Je me tus, je savais bien que la force n'était pas la bonne méthode pour traiter avec un vieux caractériel comme André. J'avais manqué à mes promesses puisque je m'étais dit qu'il faudrait que je sois doux, tranquille, dévoué, écoutant avec calme et attention. J'étais prêt à passer pour un imbécile aussi longtemps qu'il le faudrait afin qu'il me croie incapable de passer de nouveau à l'action. Et puis la ruse, cela commençait à me plaire. Je réfléchissais. Parler, c'est important, mais écouter c'est beaucoup. Voilà peut-être le moyen de venir à bout de cet orang-outan, me disais-je.

Écouter, voilà le mot. Je n'avais peut-être pas assez posé de questions à André, je ne m'étais pas assez intéressé à lui. Alors je souris en lui tendant un paquet de tabac que je sortis du panier. Mon frère avait pris de l'Amsterdamer au lieu du Narval mais cela sembla plutôt faire plaisir à André. Contre toute attente, il me dit :

– Nous touchons peut-être au port, regarde. Plus de poisson sur l'étiquette, seulement un brave type qui doit se balader sur un quai, les mains dans le dos, comme un vrai retraité. J'aimerais voir la côte moi aussi. Tiens, roule-toi une cigarette, ajouta-t-il, en me tendant le paquet d'Amsterdamer.

Je dus serrer les dents pour que ces propos si simples et si clairs ne me fassent pas pleurer. Un sourire illumina le visage d'André. Un instant, il fut détendu, peut-être même amical. Mais la carabine posée sur ses genoux brillait, elle aussi.

Mon frère n'avait jamais été nerveusement bien solide et, malheureusement, c'est lui qui gâcha toutes mes chances alors que j'étais si prêt de réussir à émouvoir André.

Alain se jeta contre la trappe et se mit à tambouriner de toutes ses forces :

– David, ne reste pas là, c'est trop dangereux, ce type est cinoque. Ils le disent dans l'immeuble, tout le monde dit qu'il est complètement cinglé, c'est le genre à massacrer toute une famille, le genre fait divers, quoi. David, tu es en mauvaise posture.

Et Alain continua de délirer ainsi et de faire s'écrouler, morceau par morceau, tout ce que j'avais construit avec patience.

Il fit peur à Colette et à Émilie à force de parler de DDASS et d'assistance sociale.

Il mit le vieil homme dans une rage folle et André arma sa carabine. Un couple de pies nous survolait, silencieuses. Elles nichaient dans le grand chêne, au bord du terrain vague et pendant tous ces après-midi oisifs et inquiétants, j'avais eu du plaisir à les regarder vivre, construire leur nid, branchette après branchette et voleter en couple.

André épaula et tira. Les pies tombèrent dans la cour de la cité des Mimosas et l'une d'elles rebondit longtemps, de toit de voiture en toit de voiture, expédiée par la tôle comme par l'élastique épais d'un trampoline. Enfin, elle s'écrasa sur le goudron.

Je m'étendis à plat ventre, la bouche contre la trappe :

– Alain, si tu ne te tais pas, je te promets que je te casserai la gueule dès que cette histoire sera finie. Tu es hystérique comme une vieille maman sans cervelle. Je suis ton frère, d'accord, mais pas ton fils. Alors tu te calmes.

– Okay, Okay, pardon, dit la voix étouffée d'Alain. Mais j'en ai marre d'être seul. Et on t'a volé ton vélomoteur, je ne l'ai pas surveillé. Et j'ai aussi une lettre de ton lycée à propos de ton absence et une autre, du proviseur, à propos d'un vol que tu aurais commis.

Je compris que, le jour où j'étais monté sur le toit pour la première fois, Mme Retz avait semé la panique partout, et mon frère, appelé d'urgence, avait eu si peur qu'il s'était à moitié évanoui dans la loge du concierge. Mme Retz était sortie de sa cuisine vers 10 heures et demie, et, sur l'appui de la fenêtre elle n'avait plus vu que mon seau, mon éponge et ma blouse blanche agitée par le vent comme un drapeau de parlementaire. Elle crut que j'étais tombé et elle se précipita chez le concierge. Puis le vieux soldat se chargea de dire à Alain quel genre de fugue j'avais commis et je le crois suffisamment fin pour avoir su faire comprendre à mon frère qu'il y avait là-dessous une histoire d'amour. Mon frère l'admit, sans doute, mais l'idée que je vivais dans un bidonville, sans même un rouleau de papier hygiénique et une brosse à dents, le rendait fou. Je sus, plus tard, qu'il s'était étonné que je sois tombé amoureux d'une fille de quatorze ans. Moi même, j'étais étonné de tout ce qu'elle pouvait faire de moi rien qu'en me souriant, les cheveux en bataille, dans sa robe grisâtre, enveloppée dans un long gilet feutré, et écrivant à longueur de journée, sur du papier à lettres bleu ciel, de longues lettres à ses amies de collège qui lui manquaient depuis si longtemps.

Mon frère s'en alla, je le vis dans le parking me faire de grands signes et de grands baisers bruyants. André reposa sa carabine mais il l'astiqua ce jour-là comme si elle avait été un beau meuble ancien. Je crachai de nouveau par terre puis j'allai me perdre en contemplation devant les cadavres des pies que personne à la cité des Mimosas n'avait osé ramasser.

Chapitre vingt-quatre

Quand mon frère eut quitté l'immeuble, je regardai filer sa petite voiture sur la route où Michel s'était tué et je lui dis, télépathiquement : Ralentis, Alain, fais gaffe, fais pas le beau. Puis l'ancien d'Indochine escalada l'escalier de ferraille et nous entendîmes son pilon choquer le fer. André dressa l'oreille. Il reconnaissait manifestement ce pas. A son tour, il se vautra sur la trappe :

– Albert, c'est toi ?

– Oui, dit l'autre. Tu nous manques, en bas, au royaume des vivants. A la Rotonde, on n'a toujours pas de quatrième à la belote. Tu fais le mort ou quoi ? Ça ne t'a pas suffi ce qu'on a vécu tous les deux, en Indo ? Tu en redemandes, on dirait.

– En Indochine, nous avons perdu, rétorqua André. Ici, je gagnerai, je te le jure. Il n'est pas bien grand le territoire que j'ai à défendre. Et je ne ferai qu'une bouchée du petit espion.

Alors le vieux soupira, d'un long soupir qui fit résonner les antennes, et redescendit l'escalier. Son pilon martelait les marches au rythme d'un glas.

J'avais perdu tout espoir. Pourtant, encore une fois, c'est Émilie, son insouciance, son inconscience qui me soufflèrent ce que je devais faire. Elle vint contre moi, me prit dans ses bras et me dit à l'oreille :

– On pourra peut-être enfin la vivre bientôt, notre histoire. Si tu m'emmenais avec toi, sur ton dos, je pourrais enfin t'embrasser. Depuis longtemps j'en ai envie.

– Sur mon dos ? Émilie, tu rêves complètement. C'est trop risqué. Il y a la mort à l'autre bout et je doute qu'un baiser de moi soit suffisant pour que tu ne craignes plus la mort. On n'est pas dans un vieux film américain. Moi, je serais prêt à mourir pour un je t'aime. Mais c'est idiot. Il vaut mieux être patient.

– Non, je ne rêve pas, insista Émilie, tu redescends comme hier, le long de la corde et moi je me tiens à ton cou et tu me déposes chez Mme Retz. Une fois que je serai libre, je posterai mes lettres à toutes mes amies. Elles pourront nous donner un coup de main, rassembler des fonds, prévenir les profs, arranger les choses avec ton lycée à propos du vol au gymnase. Et puis je ferai un peu le ménage dans l'appartement. Maman a tout cassé. Il doit y avoir des morceaux de verre partout. Et puis je me sens sale. Peut-être que Mme Corbin voudra bien que j'aille prendre une douche chez elle. Nous, on n'a plus d'eau depuis longtemps.

– Qu'est-ce que vous vous racontez, là-bas, hurla André. Pas de messes basses. Et pas de cochonneries.

Émilie se retourna lentement :

— Je dis à David que je l'aime et ça ne te regarde pas. Tu vois toujours la crasse partout.

Moi, j'étais comme elle, à la fois plein d'audace et de peur, plein de courage et d'horreur. Bien sûr, il fallait mettre Émilie à l'abri, c'était une évidence mais c'était également un risque énorme que je faisais courir à tout le monde. Même mon frère serait inquiété s'il arrivait quelque chose au cours de cette nouvelle escapade.

Quant au baiser promis, j'avoue qu'il me préoccupait. La bouche d'Émilie était rose et striée et je savais déjà qu'elle me ferait sur les lèvres comme une petite cuillère de miel. Je pris le mince visage d'Émilie entre mes mains aux ongles noirs et je m'excusai parce qu'il n'y avait rien ici pour les laver.

– Émilie, nous partons ce soir, ou plutôt cette nuit. Tu viendras dormir contre moi. Promets.

Elle promit et nous passâmes le reste de cette journée à jouer aux cartes tous les deux. Le valet de carreau me glissait sans cesse des doigts et j'avais chaque fois du mal à le ramasser sur le gravier. C'est que je me voyais, écrabouillé, brisé, le corps tordu comme les pies mortes. J'étais pétrifié de terreur.

Faire l'escalade avec un sac à dos contenant de la Contrex, passe encore, mais avoir en charge un colis chaud et vivant, c'était autre chose. Et puis je commençais à être fatigué à force de vivre sans presque manger de viande, à ne dormir que d'un œil en me demandant si le vieux fou n'allait pas me faire passer par-dessus bord d'un seul coup de pied.

De temps en temps, j'essayais de faire le vide dans mon esprit en pensant à Olga, aux baisers d'Olga, aux seins d'Olga qui furent si doux sous mes doigts. Mais c'était une autre époque, une époque où j'avais les mains propres et les ongles lisses et bien limés, une époque où le savon, l'éponge et le seau faisaient de moi un garçon odorant et impeccable, une époque où le ciel me paraissait bien loin et où je ne savais pas encore que l'amour change un garçon en homme.

La vie est étrange. Olga ne m'avait pas aimé quand j'étais beau, et une petite fille de quatorze ans, douce comme un ange, était amoureuse de moi et j'étais amoureux d'elle alors que nous étions tous deux sales autant que les chiens qui couchent dehors.

Quand Émilie me rejoignit et s'endormit contre moi, confiante, attendant que je la réveille, à 2 heures du matin, je lui dis qu'il faudrait qu'elle soit courageuse parce que je n'aurais pas la corde, son grand-père l'avait jetée du haut de la tour. Je n'aurais pas la corde pour cette nuit, mais j'aurais ceci, et je lui montrai une corde de fortune que j'avais confectionnée avec des sacs en plastique tressés quatre ou cinq fois et rendus plus solides par des nœuds tous les cinq centimètres. Émilie détourna les yeux et me demanda de lui chanter une chanson parce que le quartier, ce soir, manquait singulièrement de musique.

C'était le 1er avril, un vendredi, un jour que je n'oublierai jamais. Je n'avais qu'à fermer les yeux pour m'imaginer que le vieux me donnerait des coups de pied en pleine figure et que je serais là, suspendu dans le vide, avec Émilie qui me tiendrait par la taille. Mais aucun cauchemar n'eut lieu, même si ce que j'ai à raconter ressemble à un rêve d'insolation.

A 2 heures du matin, nous sommes descendus, comme prévu. Les sacs en plastique noués faisaient le bruit d'une pie qui jacasse et je soupirais. C'était sûrement un mauvais présage. J'avais la gorge dévorée par l'angoisse, pas un mot ne sortait. J'avais attaché Émilie sur mon dos et déployé tous les trucs et toutes les ruses les plus invraisemblables pour qu'elle ne tombe pas. Par exemple, même les lacets de ses chaussures, je les avais attachés à mes poignets et elle était ainsi tout près de moi, attachée à moi, accrochée à moi, tissée à moi par l'amour.

Je me suis élancé d'un bond. Émilie me tenait par le cou. Je me sentis pétrifié de nouveau par la même terreur que le jour où j'étais tombé, quand il avait fallu qu'Alain vienne me chercher à la cité des Mimosas. La lune sur les antennes jetait des éclairs si menaçants que je croyais à tout instant voir André brandir sous mon nez la longue carabine. Si la baie avait été fermée, je l'aurais cassée à coups de poing. Elle était ouverte et je la poussai, ballant comme une marionnette.

Émilie se tenait debout dans la salle à manger de Mme Retz, encore liée à moi par tout un écheveau de lacets et de sacs en plastique bruissants et tressés. Et je l'ai vue tout éclairée par les rais de lumière qui entraient par la baie coulissante de l'appartement. Ainsi nous avons échangé notre premier vrai baiser, dans le noir et jaune du clair de lune, et nous venait de la chambre de Mme Retz un souffle profond et régulier de vieille dame qui dort et cela nous fit chaud au cœur comme la bénédictior d'une grand-mère.

Tout engourdi, la tête vide, des picotements dans les mains à cause de la frayeur rétrospective, appuyé de fatigue contre le bahut de Mme Retz, je reçus le premier baiser d'Émilie. Alors la vision du petite seau de mie de pain m'apparut, le petit seau que j'avais reçu en cadeau à l'époque où j'étais tombé du premier étage. Et je me souvins combien la mie m'avait paru douce, douce et tendre comme une gomme. C'est ainsi que je sentis sur mes lèvres celles d'Émilie, douces et tendres comme une gomme.

Sur l'appui de la fenêtre de Mme Retz, le géranium était en fleur et Émilie cueillit quelques pétales dont elle se frotta la bouche. Elle me dit :

– C'est comme si j'avais du rouge !

Et je l'embrassai de nouveau parce qu'elle ressemblait à un petit animal tremblant que je venais de sauver d'un piège. Une minute plus tard, nous descendions par l'escalier et je la tenais par le bras, comme si elle avait été une grande dame, ou bien, je pensais plutôt à cela, comme si nous étions en train de nous marier.

Le valet de carreau dormait dans la poche de poitrine de ma saharienne. Je le tendis à Émilie comme s'il s'était agi d'une lettre d'amour. Elle le prit, le tourna entre ses doigts et, malgré l'épuisement, elle me dit en souriant :

– Demain, je t'embrasserai encore.

Moi je répondis :

– Demain ! Tu vois, c'est tout simple, toi aussi tu prédis l'avenir !

Et les jours reprirent leur cours tel qu'Émilie l'avait prévu. Il n'y eut plus, sur la terrasse de l'immeuble, que des couples d'oiseaux, des papiers voltigeant et des cailloux que la pluie faisait briller sous les mâts d'antennes.

André m'avait regardé droit dans les yeux quand il avait tendu la carabine à Albert :

– C'est bon, je rends les armes, les hommes seront toujours les mêmes. Donne-moi du feu, Albert, j'ai envie d'une bonne pipe. Et puis je ne veux pas qu'on croie que je bats la campagne.

Il n'en pouvait plus, André, il était maigre et hâve et poussiéreux et barbu, il en avait assez. Et surtout, il me le dit plus tard, il savait bien que la force ne fait pas tout et qu'il ne pourrait pas, bien longtemps, tenir le monde entier en équilibre sur ses épaules. Il avait admis la mort de son fils et il avait repensé à ce que je lui avais prédit, à propos des faits divers. Je l'avais mis en garde, je lui avais dit qu'il ne faudrait pas que le nom de Colette et celui d'Émilie soient salis dans les journaux, je le lui avais répété sur tous les tons :

– André, vous regardez le monde à travers un canon de fusil. Moi, je le vois dans les yeux d'Émilie, brillant mais compliqué. Pourtant je sais que ça vaut le coup d'essayer d'apprivoiser la vie et de l'aimer de toutes ses forces.

Émilie redoublerait sa quatrième, ce qui était normal après tant de malheurs. Mais ce n'était pas grave. Elle avait une garde-robe toute neuve, deux ou trois kilos de plus, des joues roses, des lèvres rouges. Alain m'avait acheté une chemise de soie. Je faisais du 40 de tour de cou maintenant. C'est drôle de s'aimer quand on grandit encore.

Colette se reposa longtemps dans une maison de convalescence puis elle fut embauchée par Mme Corbin.

L'appartement fantôme avait retrouvé l'odeur de la cire et des bons soins. Il résonnait du bruit de l'eau et de la sonnerie du téléphone. Dans un coin du canapé, à la lumière du lampadaire, André faisait des mots croisés en fumant une pipe. Un soir, il me lança :

– David, en onze lettres, commençant par N : *Fais du vieux avec du neuf.*

Je me creusai la tête puis donnai ma langue au chat.

– Nonagénaire ! fit André.

Il éclata de rire. Il était devenu un cruciverbiste incollable. Décidément, on ne rirait jamais des mêmes choses, ou jamais en même temps peut-être.

Je repris mon éponge orange, mon seau, ma peau de chamois et me glissai de nouveau dans la fraîcheur des vitres derrière les baies coulissantes des habitants de la cité des Mimosas. Excepté Émilie, je trouvais toutes les filles moches, trop grosses, nez aplati, yeux trop petits. Quand je passais contre la vitre de sa chambre, silencieux comme un chat blanc, dans ma blouse, Émilie me souriait, elle ouvrait, m'embrassait et souvent, quand elle était en cours, je trouvais, scotché sur la vitre, un petit mot écrit sur son papier à lettres bleu ciel : « Courage. »

J'étais fou amoureux. Inutile de dire que les vitres du rez-de-chaussée étaient nettoyées comme des bibelots et désormais elles brilleraient comme le plus gros diamant du monde.

Aux Éditions Gallimard Jeunesse,
dans la collection Page Blanche :

Solos, 1997
La Comédie des mots, 1997
Le Poème indigo, 1998

Dans la collection Folio Junior :

Les Massachusetts prennent la plume, 1997,
illustrations d'Alice Dumas

Dans la collection Roman Images :

Le Mystère de la dame de fer, 1998,
photographies de Pascal Dolémieux

Aux Éditions Gallimard :

La Lune dans le rectangle du patio, 1994
Le Jardin clos, 1994 (Grand Prix du roman
de l'Académie de Languedoc)
Le Ventilateur, 1995

La Verrière, 1996
L'Écrivaillon, 1998
Elle ferait battre les montagnes, 1998
(Prix Anna de Noailles de l'Académie française)
Les Contes d'Apothicaire, coll. La bibliothèque Gallimard, 1998

Aux Éditions Julliard :

L'Amputation
suivi de *Table des manières/exemples*, 1990
(Prix Thyde Monnier de la SGDL)
L'Orchestre et *La Semeuse*, 1990
(Bourse Cino Del Duca)
La Modéliste, 1990 (Prix Antigone)
Le Long Séjour, 1991 (Prix Alain-Fournier)
La Quatrième orange, 1992 (Prix Erckmann-Chatrian)
Les Écarts majeurs, 1993
Le Vélin, 1993

Aux Éditions Stock :

Colette, comme une flore, comme un zoo, 1997

Chez Christian Bourgois Éditeur :

Graveurs d'enfance, 1993
La Ligne âpre, 1998

Aux Éditions Calmann-Lévy :

Album, 1995

Aux Éditions L'Atelier du Père Castor/Flammarion :

L'Arbre à palabres, coll. Castor Poche, 1997, illustrations d'Isabelle Chatellard
Le Prince aux pinces d'or, coll. Faim de Loup, 1998, illustrations de Michel Boucher
Ernest Poustoufle danse la javanaise, coll. Castor Poche, 1998, illustrations de Gess
Ernest Poustoufle cavale après M. Cruciphore, coll. Castor Poche, 1998, illustrations de Gess

Aux Éditions Thierry Magnier :

Le Rêve de Tanger, collection Aller Simple, 1998

Achevé d'imprimer
en septembre 1999
sur les presses de
l'imprimerie Hérissey
à Évreux (Eure)

Loi n° 49-956 du 16 juillet 1949
sur les publications destinées à la jeunesse

N° d'imprimeur : 48399
Dépôt légal : septembre 1999
ISBN 2-07-051589-3
Imprimé en France

93502